Ida Vos

Der lachende Engel

Ida Vos

geboren 1931 in Groningen (Niederlande), musste wegen ihrer jüdischen Herkunft im 2. Weltkrieg untertauchen um der Deportation durch die Deutschen zu entgehen. Sie studierte Pädagogik und widmet sich als Schriftstellerin vor allem den Themen Krieg, Verfolgung und Diskriminierung. Bei Sauerländer erschien zuletzt »Pausenspiel«, der Roman über das Schicksal von Eva und Lisa Zilverstijn. Ihre Bücher sind u. a. in Israel und in den USA erschienen. 2001 erhielt sie in Berlin die Auszeichnung »Das Rote Tuch« für ihr Gesamtwerk.

Ida Vos

Der lachende Engel

Aus dem Niederländischen
von Mirjam Pressler

Sauerländer

Für Henk,
der dem »lachenden Engel«
Flügel gegeben hat.

(Titel der niederländischen Originalausgabe: *De lachende engel*)
First published by Uitgeverij Leopold, Amsterdam 2000

Wir danken dem Nederlands Literair Produktie- en Vertalingenfonds
für den freundlich gewährten Übersetzungskostenzuschuss.

Die Deutsche Bibliothek verzeichnet diese Publikation
in der Deutschen Nationalbibliographie; detaillierte bibliografische
Daten sind im Internet über
http://www.dnb.ddb.de abrufbar.

Umschlaggestaltung: heike ossenkop pinxit, CH-Basel
Umschlagfoto: getty images. JFB. Stone
Druck und Verarbeitung: Stückle, Ettenheim
ISBN 3-7941-8015-1
www.patmos.de

Inhalt

Teil I: 1598

Teil II: 1954

Teil III: 2000

TEIL I

1598

In dem wir die großen und kleinen
Bewohner eines Hauses
an der Oudegracht in Alkmaar kennen lernen.

KAPITEL I

Die schwarze Portugiesin

»Jetzt bin ich mir ganz sicher, Maartje.« Gerritje wischt sich das verschwitzte Gesicht mit ihrer roten Schürze trocken. »Die Portugiesin Maria Mattea ist eine Hexe. Hör zu, was ich vorhersage. In ein paar Wochen hat sie unsere ganze Stadt verhext. Wir müssen Jungfer Dorothea warnen. Ehe man es merkt, hat diese Maria Mattea aus Beatrijs und Mariken Hexen gemacht. Dann müssen die Mädchen van Houwelinghe auf einem Besen durch die Luft fliegen und um zwölf Uhr in der Nacht nackt im Wald tanzen, zusammen mit Maria Mattea und dem Teufel. Höre auf meine Worte. Und was glaubst du vom kleinen Roderick? Den kann sie auch verhexen, dass er ein Teufel wird.«

Maartje betrachtet sich im Boden des Kochkessels, den sie gerade gescheuert hat.

»Gut gemacht, Maartje«, sagt sie zu ihrem Spiegelbild. »Jungfer Dorothea wird zufrieden sein. Herr Aernout übrigens auch. Der mag es, wenn alles blitzt und glänzt, wenn er von seinen langen Reisen zurückkommt. Vor allem, wenn er andere Kaufleute zum Essen eingeladen hat.«

Gerritje reißt mit einer groben Bewegung ihrer Schwester

den Kochkessel aus den Händen und stellt ihn mit einem Knall auf den Küchentisch.

»Hörst du mich nicht oder willst du mich nicht hören? Du sprichst mit dir selbst. Ist es dir denn ganz egal, ob sie die Kinder verhext und uns vielleicht auch? Du darfst ihr nicht trauen, dieser schwarzen Portugiesin! Neulich bin ich heimlich in ihrem Zimmer gewesen und da lag ein Buch mit Hexenzeichen neben ihrer Bettnische. Als ich einen Tag später noch einmal nachschaute, war es weg.«

Maartje kann nicht anders, sie muss laut lachen.

»Ich sehe es schon vor mir. Beatrijs wird ein widerliches Scheusal mit einer spitzen Nase und fetten Haaren und Mariken bekommt Spitzohren und schwarze Strähnenhaare und einen Hexenhut und du ...« Sie steht auf und geht langsam zu Gerritje. Die gekrümmten Hände an beiden Seiten des Kopfes sehen aus wie Raubvogelkrallen. »Du wirst die Oberhexe. Du musst jahrhundertelang jede Nacht um zwölf Uhr durch Alkmaar irren. Du fliegst auf deinem Besenstiel über das Heilig-Geist-Haus, über die Kapellenkirche, und dort fällst du samt Besen und allem zu Boden, denn Hexen können Kreuze nicht aushalten, und ...«

»Hör auf zu spotten.« Gerritje legt Maartje die Hand auf den Mund. »Wir hätten längst, bevor sie gekommen ist, eine Hexenkugel an die Haustür hängen sollen«, sagt sie. »Dann wäre sie erschrocken und überhaupt nicht reingekommen.«

»Wenn sie wieder mal nachts ausgeflogen ist, werde ich eine Hexenkugel aufhängen«, verspricht Maartje. »Vielleicht wird sie dann so geblendet von all dem Geglitzer und Geblinke, dass sie woanders hinfliegt.«

»Hör doch auf! Du darfst dich nicht darüber lustig machen.« Gerritje legt den rot glühenden Schürhaken, mit dem sie das Feuer angestochert hat, einfach auf den Küchenboden. »Das ist kein Spaß«, sagt sie und stampft mit den Füßen auf. »Gestern Abend habe ich lauter seltsame Geräusche aus ihrer Schlafnische gehört. Sie hat gesungen, aber eigentlich konnte man das nicht Singen nennen. Es war eher ein eintöniges Gebrumm. Und manchmal sitzt sie auf dem Fußboden. Neulich habe ich sogar gesehen, wie sie in ihrem Zimmer gegessen hat, auf dem Fußboden. Ich hab's selbst gesehen. Eier und Oliven hat sie gegessen und Herr Aernout hat neben ihr gesessen, auch auf dem Fußboden. Hexenmanieren!«

»Sie hat Portugiesisch gesprochen«, unterbricht Maartje sie. »Oder Spanisch. Das kann sie auch, und das hört sich ganz anders an als unsere Sprache.«

»Nein, es war kein Spanisch und auch kein Portugiesisch. Es war Hexensprache und ich werde es schon noch herausfinden. Wenn du nicht mitmachst, tue ich es allein.«

»Ich mache doch mit. Was hast du vor?«

»Komm näher zu mir«, flüstert Gerritje. »Hexen haben überall Ohren, auf dem Bauch, auf dem Hinterteil, auf den Brüsten, überall. Ich habe es selbst bei einer Hexe gesehen, die all ihre Kleider ausziehen musste, bevor sie auf dem Scheiterhaufen verbrannt wurde. Und mit all diesen Ohren hören sie alles. Auch wenn du in der Küche sprichst, weit weg von dem Esszimmer, in dem sie sein darf und wir, die einfachen Küchenmägde, nicht.«

»Sie versteht doch nicht alles, was wir sagen«, protestiert Maartje.

»Dass du dich da nicht irrst. Meiner Meinung nach hat sie schon eine Weile in Amsterdam gewohnt, bevor sie hierher kam.« Gerritje spricht auf einmal noch leiser. »Ich glaube, dass sie dort, in Amsterdam, ein Mädchen von leichten Sitten war.«
»Von … von … was für Sitten?«, stottert Maartje.
»Von leichten. Solche Mädchen lassen sich von Matrosen bezahlen, mit denen sie im Bett herumtollen. Irgendwann abends, wenn sie schläft, gehen wir zu ihrem Alkoven[1] und stellen einen Besen ans Fußende. Du wirst sehen, dass sie um zwölf Uhr auf diesem Besen wegfliegt, und dann wissen wir sicher, dass sie eine Hexe ist. Hast du mal darauf geachtet, wie sie aussieht?«
»Sie ist schön und Hexen sind hässlich«, flüstert Maartje.
»Sie ist viel zu schön. So hat sie sich verzaubert, um sich bei den Menschen beliebt zu machen, die sie verhexen will. Diese schwarzen Haare, die pechschwarzen Augen, das kann nichts Gutes bedeuten. Anständige Menschen wie wir sind blond mit blauen Augen. Warum, glaubst du, darf sie immer das Essen hineinbringen, wenn Herr Aernout Gäste aus Spanien, Portugal oder der Türkei hat? Warum, glaubst du, braucht sie nie zu putzen oder das Feuer anzumachen? Warum, glaubst du, darf sie immer auf die Kinder aufpassen und wir dürfen das nicht? Nur, weil sie alle verhext hat. Sie isst natürlich am Tisch mit. Wunderbares Roggenbrot, Eier, Gänse und Hühner.« Gerritje leckt sich die Lippen. »Mir läuft das Wasser im Mund zusammen bei all diesen Herrlichkeiten«, sagt sie. »Sie isst am Tisch, wie

[1] Kammer

ich schon gesagt habe, und wir müssen warten, was sie uns zum Essen übrig lassen.«

»Ist das wirklich wahr?«, flüstert Maartje.

»Was?«

»Das mit den Ohren. Und hast du wirklich eine nackte Hexe auf dem Scheiterhaufen gesehen?« Sie schiebt ihren Hocker noch näher zu Gerritje. »Sag ehrlich, hat so eine Frau einen Nabel?«

Gerritje wird rot. Die Röte kriecht von ihren Wangen zu ihrem Hals und noch tiefer zu ihren kleinen Brüsten.

»Also … nein«, stottert sie. »Ich habe es von Hendrik gehört, dem Waagemeister, und der lügt nicht. Er hat mir versprochen, dass ich zuschauen darf, wenn wieder mal so ein Weib verbrannt wird. Und ich schwöre dir, dass die erste Hexe, bei der ich zuschaue, diese verfluchte Maria Mattea sein wird.«

»Heute Abend, kurz vor Mitternacht, gehen wir …«

»Was ist heute Abend?« In der Türöffnung steht Maria Mattea mit Roderick auf dem Arm. Der Kleine liegt mit der Wange an ihrer Wange. Das Däumchen ist ihm halb aus dem Mund gerutscht. Maria Mattea setzt sich auf die Bank neben dem Küchentisch. Sie beginnt leise zu summen, während sie Rodericks blonde Locken streichelt. »Schlaf, Kindchen. Ich werde ein Schlaflied für dich singen«, flüstert sie.

»Durme durme … hermozo … hjigo
durme durme con savor …«[2]

Hinter Maria Mattea steht Gerritje. In der Hand den glü-

[2] Schlaf, schlaf, lieber Junge / schlaf nach Herzenslust.

henden Schürhaken, den sie gerade aus dem Feuer geholt hat. Maria Mattea fühlt die Hitze des Eisens in ihrem Nacken. Blitzschnell dreht sie sich um und stößt Gerritjes Hand weg. »*Madre mia mi querida*. Mama, meine liebe Mama, sie wollen mich auch verbrennen!«, ruft sie.

Sie rennt aus der Küche, das schlafende Kind in den Armen.

»Hast du's gesehen?«, flüstert Gerritje. »Eine richtige Hexe. Ein normaler Mensch wie wir hätte sich an dem glühenden Schürhaken verbrannt. Ich habe ihn ihr fast an den Nacken gehalten. Du brauchst nicht mehr zu fragen, wer die nächste Frau sein wird, die man in Alkmaar verbrennt.«

KAPITEL 2

Gänse und Kaninchen

Jungfer Dorothea stürmt in die Küche. »Es ist so weit, Mädchen. Herr Aernout kommt nach Hause. Gijsbert Jansz hat ihn vor ein paar Tagen im Hafen von Antwerpen getroffen. Aernout hat ihm erzählt, dass er zusammen mit einem Antwerpener Kaufmann von Lissabon nach Antwerpen gefahren ist. Er war gerade dabei, seine Waren auf eines der kleineren Schiffe umzuladen, auf den Goldenen Delphin, mit dem kommt er über Edam nach Alkmaar. Der Wind ist günstig und die Reise von Antwerpen hierher dauert nicht so lange. Sorgt für Branntwein und Graupensuppe und ... Was ist das?« Sie deutet auf einen dampfenden Kuchen, der auf dem Küchentisch steht.
»Nichts Besonderes, Pflaumenkuchen«, sagt Maartje.
»Hm, lecker.« Jungfer Dorothea schneidet ein großes Stück aus dem Kuchen und stopft es sich in den Mund. Ihre fettigen Finger wischt sie an ihrem roten Samtrock ab. »Vielleicht noch ein paar Stunden und dann ...«
Maartje unterbricht sie. »Gerrit Gerritsz ist mal tagelang unterwegs gewesen von Antwerpen nach Alkmaar. Er ist nicht rechtzeitig weggekommen, weil der Schiffer betrunken war. Der Kai war voller Branntweinkrüge und die

Schiffsjungen lagen schnarchend in der Kajüte. Sturzbetrunken waren sie.«
Jungfer Dorothea macht eine abwehrende Handbewegung. »Das passiert Aernout nicht. Die Schiffer werden sich darum streiten, wer ihn als Kunden bekommt, und die Kutscher, die ihn von der Anlegestelle am Luttik Oudorp nach Hause bringen werden, auch. Jeder weiß doch, wie wichtig er ist. Aernout van Houwelinghe, der berühmte Kaufmann, Importeur von Gewürzen, Seidenstoffen und Wein. Jeder freut sich, ihn nach neun Monaten Abwesenheit wiederzusehen. Passt auf, dass das Feuer nicht ausgeht, Mädchen. Wir werden ihn mit einem fürstlichen Mahl empfangen. Ich werde mich jetzt umkleiden. Maria Mattea wird den Kindern ihre schönsten Sachen anziehen. Es ist zu früh, aber wir wissen ja nicht genau, wann er ankommen wird.«
»Sie geht sich umkleiden«, spottet Gerritje, als Jungfer Dorothea die Küche verlassen hat. »Samt ist nicht gut genug. Seide muss es sein. Grüne Seide mit weißen Spitzen. Mamat wird sich bestimmt auch nicht schön genug finden. Rote Seide wird sie tragen. Rot wie das Blut der Kinder, die sie erst verhext und dann ermordet hat.«
»Von wem redest du da, um Gottes willen?« Maartje schaut Gerritje erschrocken an. »Wie kannst du so über unsere *maman* sprechen? Noch nie hat unsere Mutter ein Kind verhext oder umgebracht. Unsere arme *maman*, die an der Beulenpest gestorben ist. Und warum lachst du, wenn ich von *maman* spreche? Hast du denn den Gestank und das glühende Fieber vergessen? Ist es dir in den Kopf gestiegen? Wenn du so weitermachst, werde ich dich ins Irrenhaus sperren lassen.«

Gerritje legt ihren Arm um Maartjes Schulter.
»Denk doch erst nach, dummes Gänschen. Ich habe ›Mamat‹ gesagt, nicht ›*maman*‹. Mamat ist eine Abkürzung für Maria Mattea. So werden wir sie in Zukunft nennen, wenn wir über sie sprechen. Schluss mit ihrem langen, vornehmen Namen. Natürlich werde ich unsere *maman* nie vergessen. Wenn Doktor Geesteranus unsere Eltern hätte gesund machen können, wären wir jetzt nicht hier. Dann hätte uns *maman* noch mehr Geschichten aus dem Haus in Frankreich erzählen können, in dem sie geboren ist …«
Maartje fühlt plötzlich, wie ihr Tränen über die Wangen laufen. »Dann wären wir auch Kaufmannstöchter und keine Küchenmägde. Dann würden wir noch in unserem Haus am Lange Nieuwesloot leben. Jungfer Maartje und Jungfer Gerritje Nachtegale. Nun ja, alles ist besser als das Waisenhaus.« Sie schnäuzt sich laut die Nase. »Vorbei«, sagt sie. »Jetzt bin ich einfach wieder Maartje, die Tapfere. Wenn du in den Garten gehst und Äpfel fürs Apfelmus pflückst, gehe ich in den Keller und hole die Gans.«
Sie hält die Lunte des Öllämpchens über das Feuer in der Herdstelle. Zum Glück ist noch genug Öl drin. Nun braucht sie sich nicht im Dunkeln auf den Weg tief unter das Haus zu machen. Sie stößt die Tür des Weinkellers auf und läuft die schmale Holztreppe hinunter. Überall hängen Staubwolken, überall herrscht dieser feuchte Gestank. Um zum Unterkeller zu kommen, muss sie noch weitere Treppen hinabsteigen. Beim Licht der Öllampe erkennt sie zwei Kaninchen, die über ihrem Kopf an einem Balken hängen. Sie erschauert, als sie die Haken sieht, die quer durch ihre

Hinterbeine geschlagen sind. »Nicht denken«, flüstert sie sich zu. »Nicht denken.«
Am dritten Balken hängt die Gans, die sie zubereiten soll, an den zusammengebundenen Füßen, mit dem Kopf nach unten. Es sieht aus, als würde an jeder Seite des Kopfs ein Perlauge sie anschauen und fragen: Was haben die Menschen bloß mit mir getan? Wieder zwingt sich Maartje, nicht allzu viel nachzudenken. Sie steigt auf einen Hocker und nimmt die Gans vom Haken. Fast hätte sie das Gleichgewicht verloren, so schwer ist das Tier. In der einen Hand die Öllampe, in der anderen die Gans, läuft Maartje die Treppen wieder hinauf. Sie ist erleichtert, als sie die Lampe ausblasen kann. Die Gans legt sie auf ein Brett auf der marmornen Anrichte. Sie muss das Tier rupfen, damit es nackt wie ein neugeborenes Kind in der Pfanne verschwinden kann. Doch bevor sie mit dem Rupfen anfängt, muss sie etwas tun, was sie noch viel schlimmer findet. Sie muss das Tier in einen Eimer mit heißem Wasser tauchen, damit das Rupfen leichter geht. Obwohl sie es schon so oft gemacht hat, findet sie diese Arbeit eklig.
Als die vom heißen Wasser dampfende Gans auf der Anrichte liegt, holt Maartje ein scharfes Messer aus der Schublade. Sie hebt es hoch über ihren Kopf und betrachtet noch einmal den Gänsehals. Dann macht sie die Augen zu. »Eins, zwei, drei … jetzt!«, schreit sie. Das Messer zerhackt die Gans. Den Kopf wirft Maartje ins Feuer, den Körper schleppt sie die drei Treppenstufen hinunter, die von der Küche in den Hof führen. Dort setzt sie sich auf einen umgedrehten Eimer und klemmt sich die Gans zwischen die Knie.

Die Federn muss sie in einen Jutesack füllen. Herr Aernout wird die Federn Simon verkaufen, dem Zudeckenmacher. Wie viele Florine er dafür bekommt, weiß Maartje nicht, aber es werden wohl viele sein. Die Brustfedern sind so leicht, dass der Wind sie davonträgt.

»Es schneit, es schneit!«, ruft Beatrijs. Sie zieht sich das weiße Baumwollhütchen vom Kopf. »Schnee!«, schreit sie. »Schnee, hier auf meinen Haaren.«

Mit beiden Händen greift sie in den Sack und hält eine große Feder hoch. »Die ist schön! Darf ich sie behalten? Ich bringe sie Maria Mattea. Sie ist im Esszimmer.« Beatrijs rafft ihre Röcke und rennt die Stufen zur Küche hinauf.

»Vorsichtig!«, ruft Maartje ihr nach. Dann rupft sie weiter. Eine Feder nach der anderen zieht sie aus der halb nackten Gans, noch eine und noch eine. Bei jeder Feder sagt sie laut: »Maria … Mattea … Maria … Mattea, ich hasse dich … ich …«

Aus der Küche dringt ein Geschrei, das immer lauter wird. Oben an der Treppe steht Beatrijs. Blut tropft aus ihrem Daumen auf die Steine.

Maartje wirft die Gans in den Sack und rennt auf sie zu. »Was hast du getan? Warte, wir pflücken gleich ein paar Blätter und legen sie auf deinen Daumen.« Sie hebt Beatrijs hoch und drückt sie an sich. »Nicht weinen … nicht weinen.«

Beatrijs stößt noch ein paar Schluchzer aus. »Ich wollte eine Schreibfeder machen, für Maria Mattea, und … da lag das Messer.« Sie deutet auf den Küchentisch.

Maartje lässt sie fast fallen vor Schreck. Sie stellt das Kind auf den Boden.

Das Messer … sie hat das Messer auf dem Küchentisch liegen gelassen. Es ist ihre Schuld. Sie muss sich wieder auf den Eimer setzen, so zittern ihre Beine. Ihr wird schlecht. Wenn Jungfer Dorothea es erfährt, wird sie sie bestimmt davonjagen. Dann muss sie ins Waisenhaus und Gerritje darf natürlich hier in diesem Haus an der Oudegracht bleiben. Plötzlich sieht sie, dass Beatrijs noch an der Stelle steht, an der sie sie abgesetzt hat.

»Komm, gib mir dein gutes Händchen«, sagt Maartje. »Wir werden Blutwurz[1] pflücken und dann werde ich dir etwas sagen.« Mit der einen Hand pflückt sie das Kraut, mit der anderen hält sie Beatrijs fest.

Sie braucht nicht viel zu pflücken. Der Daumen des Kindes ist winzig. Sorgfältig wickelt Maartje die Blutwurzblätter um den verwundeten Daumen. Als das Bluten fast versiegt ist, flüstert sie dem Mädchen etwas ins Ohr. »Du musst jetzt mal schwindeln. Sag einfach, dass Maria Mattea das Messer liegen gelassen hat. Wenn deine Mutter erfährt, dass ich so dumm gewesen bin, wirft sie mich raus und dann muss ich mein ganzes Leben lang im Waisenhaus bleiben. Hast du das verstanden?«

Beatrijs nickt. »Ja, ich hab's verstanden«, sagt sie.

»Was soll sie verstehen?«

Plötzlich steht Gerritje im Hof.

Sie trägt einen Korb voller glänzender, roter Äpfel. Ihre Wangen sind fast so rot wie die Früchte in ihrem Korb.

»Was soll denn das?«, fragt sie lachend, als sie den hochge-

[1] Die Blutwurz ist eine alte Heilpflanze (z. B. gegen Durchfall), die einen roten Farbstoff enthält.

hobenen Daumen des Kindes sieht. »Bist du bei Mamat in die Lehre gegangen? Fängst du jetzt auch schon an mit Kräutern, so wie die Spanierin, äh, die Portugiesin?«

»Sag Gerritje, was passiert ist. Sag ihr, wie dumm Maria Mattea gewesen ist.« Maartje gibt Beatrijs einen Schubs in den Rücken. »Los, sag's.«

Gerritje bückt sich, damit sie besser hören kann, was Beatrijs sagt.

Sie lacht, als sie sich wieder aufrichtet. »Endlich. Endlich hat die Schwarze einen Fehler gemacht. Das werden ihr Herr Aernout und Jungfer Dorothea sehr übel nehmen.«

KAPITEL 3

Beatrijs lügt

Alles ist für die Ankunft von Herrn Aernout vorbereitet. Die Gans ist gebraten, die Äpfel sind gekocht und durchgedrückt, der Tisch ist mit glänzendem Damast gedeckt. Beatrijs und Mariken haben ihre schönsten Kleider an und Roderick sieht nicht wie ein Kleinkind aus, wie sonst immer, sondern eher wie ein kleiner Herr, in seinem gestickten Kittel. Sein schwarzes Samtmützchen sitzt schräg auf seinem Kopf. Jungfer Dorothea trägt Perlen in den hochgesteckten Haaren, und wenn sie geht, rauscht ihr Seidenkleid, als wehe ein Wind sanft durch die Pappeln. Maria Mattea sieht aus wie eine spanische Königin in ihrem himmelblauen Seidenkleid mit dem weißen Spitzenkragen.

Jungfer Dorothea hat ihre Küchenmägde gebeten, saubere Schürzen anzuziehen und sich reine, weiße Mützen auf ihre geflochtenen Haare zu setzen.

»Alles muss schön und sauber sein, wenn Herr Aernout nach Hause kommt«, sagte sie und Maartje konnte sich gerade noch eine freche Antwort verkneifen. Warum wir?, wollte sie sagen. Kommt Herr Aernout denn je in die Küche?

Doch sie haben einen Knicks gemacht und »Wie Sie wün-

schen, Jungfer Dorothea« gesagt. Es schien, als hätten sie diesen Satz einstudiert, so gleich hörte er sich an.
Und nun warten sieben Menschen auf die Heimkehr ihres Herrn und Meisters. Roderick sitzt in seinem Kinderstuhl neben Maria Mattea. An der anderen Seite des Tischs sitzen Jungfer Dorothea und Mariken. Heute brauchen die Kinder bei der Mahlzeit nicht zu stehen, weil ihr Vater erwartet wird.
Die Mädchen Nachtegale sitzen, wie üblich, einander am Küchentisch gegenüber.
»Wer bringt gleich die Gans hinein, du oder ich?«, fragt Maartje ihre Schwester.
»Du natürlich«, antwortet Gerritje. »Du hast sie aus dem Keller geholt und gerupft und …«
»Still, red nicht mehr davon«, sagt Maartje zitternd. »Die arme Beatrijs. Sie hätte sich zu Tode bluten können. Ich will nichts mehr davon hören.«
»Aber du warst doch gar nicht schuld, oder?«
Gerritje schaut Maartje direkt an, Maartje senkt den Blick.
»Hör auf, davon zu reden, habe ich gesagt«, schnauzt sie.
»Wie kommt sie eigentlich hierher?«
»Wer, Jungfer Dorothea?«
»Nein, Mamat.«
»Ach so, die.«
Gerritje beugt den Oberkörper vor, sodass ihr Kopf dicht neben Maartjes Kopf ist. »Er hat sie in einem Haus der leichten Sitten in Amsterdam gefunden«, flüstert sie.
»Das hast du mir schon früher erzählt, aber wieso weißt du das und warum hat er sie mitgenommen?«
»Was glaubst du?« Gerritje senkt die Stimme noch mehr.

»Verliebt, natürlich. Kindermädchen, dass ich nicht lache. Sie ist sein Liebchen. Dafür hat sie schon gesorgt. Eine ek-lige dreckige Hexe ist sie. Aber wir werden ihr schon das Handwerk legen. Jungfer Dorothea wird uns noch dank-bar sein. Sie wird uns in den Adelsstand erheben lassen.«
Gerritje steigt auf die Bank. »Bürger von Alkmaar!«, schreit sie. »Kommt und seht. Kommt und seht! Zwei neue Mit-glieder des nordholländischen Adels. Darf ich ihnen die Jungfrauen Maartje de Nachtegale und Gerritje de Nach-tegale vorstellen, erhoben in den Adelsstand wegen beson-derer Verdienste für ihre Arbeitgeberin!«
»Hör auf! Wenn ... wenn du nicht aufhörst, mache ich mir in die Hose.« Maartje kann fast nicht sprechen, so sehr muss sie lachen.
Die Klingel aus dem Speisezimmer beendet ihr Gelächter.
»Ich gehe schon«, sagt sie. Sie geht durch den langen, mit Marmor gefliesten Gang und klopft dreimal an die Zimmer-tür. »Herein«, ruft Jungfer Dorothea.
»Wir beginnen doch gleich mit dem Witmoes[1]«, sagt Jung-fer Dorothea. »Wirst du das servieren? Es dauert zu lange für die Kinder. Vielleicht kommt er erst morgen und ... warum gibst du keine Antwort, Maartje? Was ist los, um Gottes willen? Warum starrst du so?«
Maartje kann nur auf den Tisch deuten, wo Maria Mattea sitzt und mit Mariken spielt, die nun neben ihr steht.
»Die ... die Knochen«, stottert sie. »Sie spielen mit Kno-chen – und wo ist Beatrijs?«

[1] nordholländisches Gericht, bestehend aus Reis, Ziegenmilch, Huhn, Zucker und Rosenwasser

»Was ist mit den Knochen? Hast du noch nie Hühnerknochen gesehen? Beatrijs ist im Unterkeller. Ich habe sie zur Strafe eingesperrt, weil sie gelogen hat. Sie sagt, Maria Mattea hätte ein Schlachtmesser auf den Küchentisch gelegt, aber Maria Mattea hat geschworen, dass sie es wirklich nicht getan hat. Sie ist nicht einmal in der Küche gewesen. Schließlich kam heraus, dass Beatrijs das Messer selbst aus der Schublade genommen hat. Dieses Lügen muss ein für alle Mal ein Ende haben. Sie hätte eine Blutvergiftung bekommen können. Wenn du sie nicht so gut mit Blutwurz verbunden hättest, wäre es schlecht ausgegangen mit ihr. Sie hat Strafe verdient. Sie hat nichts zu suchen in der Küchenschublade, und dann auch noch zu lügen!«

»O nein, die arme Beatrijs. Ich …« Und dann sagt Maartje nichts mehr. Sie rennt weg, durch den langen Flur. Atemlos kommt sie in der Küche an, wo sie sich auf die Bank gegenüber Gerritje fallen lässt.

»Sie … sie spielen Hexenspiele«, keucht sie. »Mindestens tausend Menschenknochen liegen auf dem Tisch. Damit spielen sie, und Beatrijs hat Strafe. Sie hockt zwischen den toten Kaninchen im unteren Keller, weil sie gelogen hat, und das ist meine Schuld. Sie hat gesagt, dass Mamat das Messer auf dem Tisch liegen gelassen hat, aber …«

»Und ist das nicht so gewesen? Beatrijs hat mir doch auch erzählt, dass Mamat das Messer auf dem Küchentisch liegen gelassen hat, und mich braucht sie doch nicht anzulügen, oder?«

»Ja, aber ich möchte dir etwas er–«

»Beruhige dich doch. Hör auf zu heulen.« Gerritje legt ihre Hand auf Maartjes Kopf. »Ganz ruhig. Ich glaube, dass

Mamat es doch getan hat. Ich glaube, dass sie lügt. Hexen können so schrecklich gut lügen, dass sie selbst glauben, dass ihre Lügen wahr sind. Natürlich hat sie das Messer da hingelegt. Vielleicht wollte sie ja, dass eine von uns sich verletzt.«

Maartje möchte Gerritjes Hand wegschieben. Sie möchte ihr endlich erzählen, dass sie selbst das Messer liegen gelassen hat, aber sie muss immer noch weinen und es ist so lange her, dass eine liebe Hand ihren Kopf gestreichelt hat, dass es sie völlig verwirrt. Wäre *maman* doch noch da. *Maman,* die sie beruhigte, wenn sie Angst vor dem Sturm hatte, dem Regen, vor herumziehenden Musikanten. Wenn sie kreischend vor den hungrigen Ratten flüchtete, die die Beulenpest verbreiteten.

»Ich will nicht von Adel sein und auch keine Küchenmagd«, schluchzt sie. »Ich will wieder in unser eigenes Haus, zu unseren eigenen Eltern.«

»Die sind tot«, sagt Gerritje leise. »Leider.« Sie schlägt ein Kreuz. »Im Namen des Vaters, des Sohnes und des Heiligen Geistes. Amen. Herr, gib ihnen die ewige Ruhe.«

»Amen«, flüstert Maartje. Sie wischt mit dem Handrücken die Tränen von ihren Wangen. »Fertig«, sagt sie. »Alles vorbei. Kein Gejammer mehr. Ich bin wieder die alte Maartje. Hast du gesehen, dass Mamat ein anderes Kreuz schlägt als wir? Nicht von oben nach unten und von rechts nach links, sondern von links nach rechts. Sie kann es nicht richtig.«

»Vielleicht ist es ein Hexenkreuz. Vom richtigen Kreuz wird sie vielleicht ohnmächtig.« Gerritje lacht.

Maartje wischt sich noch einmal über die Wange. Dann setzt

sie sich wieder auf ihren Platz auf der Bank. Jetzt ist es so still in der Küche, dass das Summen des Wasserkessels auf dem Feuer deutlich zu hören ist. Gerritje legt den Kopf auf den Tisch und schließt die Augen.

»Pssst, Gerritje«, flüstert Maartje. »Gerritje, schläfst du? Ich muss dir was erzählen. Ich werde nie mehr weinen.« Und als ihre Schwester nichts antwortet, sagt sie zu sich selbst: »Sie schläft. Und jetzt gehe ich zu Jungfer Dorothea und erzähle ihr alles.«

Auf Zehenspitzen läuft sie durch den Flur. Sie klopft so leise an die Tür, dass es fast nicht zu hören ist.

»Herein!«

»Jungfer Dorothea«, sagt sie leise. »Ich wollte nur sagen, dass Mamat … dass Maria Mattea …«

»Sei mal kurz still.« Jungfer Dorothea hält sich die Hand hinter das Ohr. »Ja!«, ruft sie. »Endlich, da ist er. Ich höre die Pferde. Erzähl mir's morgen weiter, Maartje.«

Sie zieht Roderick aus seinem Stuhl und drückt ihn Maria Mattea in die Arme. Dann rennt sie zur Weinkellertür.

»Komm raus, Beatrijs, deine Strafe ist vorbei«, schreit sie zum unteren Keller hinunter. »Kommt, Mariken, Maria Mattea, Aernout van Houwelinghe ist angekommen. Endlich, endlich!«

Als sie schon fast an der Haustür ist, dreht sie sich noch einmal nach Maartje um.

»In anderthalb Stunden die Gans servieren!«, befiehlt sie.

KAPITEL 4

Silber und Gold

»Schön ist er, nicht wahr? Der Bart steht ihm gut.« Maartje stellt sich auf die Zehenspitzen, um besser ins Esszimmer hineinschauen zu können. Der Spalt im Holz der schweren Tür ist gerade etwas zu hoch für sie. Der Spalt, durch den Gerritje späht, ist genau in der richtigen Höhe.

»Als er wegfuhr, war sein Gesicht ganz glatt«, sagt Gerritje. »Wie geht das, so ein Bart in neun Monaten?«

»Was sagst du?«

Maartje kann Gerritje fast nicht verstehen bei Rodericks Geschrei. Vor einer Stunde, als Jungfer Dorothea ihn seinem Vater geben wollte, hat er mit dem Geplärr angefangen und er hört gar nicht mehr auf.

»Sie haben Stühle für die Kinder an den Tisch gestellt«, flüstert Gerritje. »Sie dürfen sitzen, wegen der feierlichen Heimkehr. Vielleicht dürfen sie nachher, beim Abendessen, sogar sprechen.«

»Jetzt fängt er mit dem Auspacken an.« Gerritje stellt sich nun auch auf die Zehenspitzen. »Kannst du es sehen? Bestickte Pantoffeln für Jungfer Dorothea und eine Perlenkette.«

»Wie schön«, seufzt Maartje. »Wie schön das ist.«

»Jetzt gibt er Beatrijs etwas«, flüstert Gerritje. »Goldene Ohrringe.«
»Mit Rubinen und Saphiren ...« Maartje unterdrückt einen tiefen Seufzer. »Mariken bekommt das Gleiche, und jetzt schenkt Jungfer Dorothea Wein ein.«
»Nein, ich glaube, dass sie einen Weinschnuller macht, um Roderick zu beruhigen.«
»Du hast Recht«, sagt Maartje leise. »Sie hat den Baumwollzipfel schon in der Hand und jetzt gießt sie ein bisschen Wein darauf. Sie steckt ihn Roderick in den Mund. Es hilft, er ist still.«
»Pass auf.« Gerritje gibt Maartje einen Stoß mit dem Ellenbogen. »Jetzt ist Mamat an der Reihe.«
Maartje steht schon wieder auf den Zehen. So wird sie nichts von dem verpassen, was sich dort drinnen abspielt. »Nein«, stöhnt sie. »Das halte ich nicht aus. Siehst du's? Ein Umschlagtuch mit Goldfäden und mit Edelsteinen bestickt. Jetzt bin ich sicher, dass sie seine Liebste ist. Eines Tages werden wir sie beim Schmusen erwischen.«
»Vielleicht bekommen wir auch so etwas«, sagt Gerritje. »Wie schön würden wir dann aussehen, wenn wir in die Kirche gehen. Ich glaube, Tijmen Dirksz wird mich dann bestimmt anschauen. Lieber Himmel ... die Gans ... Es ist Zeit für die Gans. Wir müssen das Essen servieren.«

Hintereinander betreten sie das Esszimmer. Sie haben ihre blauen Schürzen gegen weiße getauscht. Auf ihren Haaren sitzen saubere, gestärkte Mützchen. Gerritje stellt das Witmoes vor Herrn Aernout auf den Tisch, Maartje die Gans.

»Kommt mal her«, sagt Herr Aernout. »Ja, ihr beiden. Ich will erst noch Roderick mein Geschenk geben, dann seid ihr an der Reihe. Er ist jetzt endlich still.« Er bückt sich unter den Tisch und kommt mit einem roten Seidentuch hervor, das er auffaltet. Eine kleine, silberne Wasserpfeife kommt zum Vorschein. Roderick kann sein Geschenk aber nicht in Empfang nehmen, Roderick schläft auf Maria Matteas Schoß.

»Und für euch, Mädchen, habe ich das da. Hier, nehmt es.« Herr Aernout gibt zuerst Gerritje ein in weiße Baumwolle gewickeltes Päckchen, dann Maartje. »Macht es auf«, sagt er. »Es ist noch was darin.«

Maartje sieht als Erste, was in ihrem Päckchen ist. »Vielen Dank, Herr Aernout«, sagt sie. Sie wagt es nicht, ihn anzuschauen, sie hält den Blick starr auf ihre rindsledernen Pantoffeln gerichtet.

»Vielen Dank.« Mehr sagt Gerritje nicht zu Herrn Aernout, als sie ihr Päckchen aufgemacht hat.

»Bitte in einer halben Stunde zuerst den Bruder im Sack servieren«, klingt die eiskalte Stimme Jungfer Dorotheas.

»Von mir aus kann sie sich den Mehlpudding mit den Äpfeln selbst abholen«, mault Maartje, als sie wieder in der Küche sind. »Ist sie verrückt geworden? In einer halben Stunde bitte den Bruder im Sack ser-vie-ren.«

»Du kannst sie gut nachmachen«, sagt Gerritje lachend. »Aber ich bin ganz schön wütend über dieses so genannte Geschenk von Herrn Aernout. Was sollen wir mit einer Schürze, noch dazu einer blauen, da sieht man die Spritzer vom Tierblut nicht so. Ich möchte auch mal was Richtiges für mich allein. Ich will auch schön sein. Ich will seidene Überröcke und Unterröcke und bestickte Pantoffeln und Perlen, genau wie Jungfer Dorothea sie bekommen hat. Goldene Ohrringe mit Edelsteinen für Beatrijs und Mariken. Eine silberne Wasserpfeife für Roderick. Und für uns? Kein Silber, kein Gold. Wir sind nur die Küchenmägde, die Gänse schlachten und Essen kochen und das Feuer anmachen. Ein goldenes Umschlagtuch für Mamat. Es ist zum Heulen. Küchenmägde sind wir und bleiben wir. Küchenmägde, die Äpfel und Birnen auf dem Hof von Aernout van Houwelinghe pflücken. Ich habe es endgültig satt. Heute Abend, wenn sie schläft, wird es passieren.«

»Was denn? Was wirst du tun? Sag schon!« Maartje steht vor Gerritje, die Hände in die Hüften gestützt. »Ich will es wissen. Mach bloß keine Dummheiten.«

»Heute Abend, wenn die Uhr elf schlägt, wirst du es erfahren. Ich habe viel zu große Angst, dass du es Beatrijs oder Mariken erzählst.«

»Wenn die Uhr elf schlägt, schlafe ich schon lange«, seufzt Maartje. »Nun sag's schon.«

»Dann musst du mir aber versprechen, dass du es niemandem weitersagst.«

»Versprochen«, flüstert Maartje.

»Heute Abend, wenn sie schläft, werde ich zwei Dinge tun. Komm, ich flüstere dir mein Geheimnis ins Ohr. Weißt du nicht mehr, was ich dir über den Besen gesagt habe, den wir gegen Mitternacht vor ihr Bett stellen und ...«

Gerritje flüstert nun so leise, dass Maartje sie kaum versteht.

»Ich weiß schon, warum du so leise sprichst«, kichert

Maartje. »Ich weiß noch, das mit den Hexenohren überall, auf dem Bauch und auf dem Po.« Dann wird sie wieder ernst. Gespannt lauscht sie den Plänen, die Gerritje nun wirklich ausführen will.

»Heute Abend, wenn die Uhr bald zwölf schlägt, wie ich gesagt habe«, flüstert Gerritje, »gehen wir in ihr Schlafzimmer. Wir nehmen den neuen Weidenbesen mit und stellen ihn an das Fußende ihres Bettes. Wir lassen die Zimmertür ein bisschen offen und bleiben mucksmäuschenstill stehen, damit wir sehen, was passiert.«

»Und dein zweiter Plan?«, fragt Maartje.

»Den erfährst du gleich, erst machen wir diesen Plan fertig. Wo war ich? Ach ja. Wir bleiben stehen und warten, was passiert. Hör auf meine Worte. Sie nimmt den Besen, setzt sich ihren Hexenhut auf, zieht ihre Hexenröcke an und fliegt aus dem Fenster. Gestern Abend, als du schon geschlafen hast, habe ich sie vorbeischweben sehen. Sie trug schwarze Kleider, kein bisschen Farbe. Ich habe ihre flatternden Röcke gesehen und auf ihrer Schulter saß eine Katze. Ihre Augen glänzten im Mondlicht wie die Edelsteine auf dem Umschlagtuch, das sie gerade bekommen hat. Wenn wir Glück haben, passiert heute Abend das Gleiche und das werden wir dann Jungfer Dorothea und Herrn Aernout erzählen.«

»Jungfer Dorothea und Herrn Aernout?« Maartje zittert. »Wenn die merken, dass wir Mamat nachspionieren, werfen sie uns raus.«

»Nein, da habe ich auch schon dran gedacht. Gleich trinken sie noch mehr Wein und den Wein mischen wir mit Hafersaft und Hopfen. Sie haben dann an diesem Fest-

abend so viel getrunken, dass sie es nicht mehr merken. Danach werden sie schlafen, als hätten sie mit dem Hammer vom Hufschmied einen Schlag auf den Kopf gekriegt.«
»Und dein zweiter Plan?«
»Wir nehmen einen Topf erwärmtes Gänsefett mit hinauf und wenn Mamat weggeflogen ist, stopfen wir dieses Umschlagtuch hinein. Da wirst du was hören, wenn sie auf unserem Besen zurückkommt! Das Umschlagtuch wird triefen vor Fett und das Blau und Grün der Edelsteine wird so matt sein wie die Augen des blinden Bettlers in der Kanisstraat. Und nun ...«
»Gerritje, was tust du da? Nein, tu's nicht!« Maartje starrt ihre Schwester mit großen, erstaunten Augen an, als diese plötzlich ein Messer aus der Tasche ihres Unterrocks holt. Maartje macht ein paar Schritte zurück, als sie sieht, wie Gerritje sich die Messerspitze in den Daumen bohrt. Ein großer Blutstropfen quillt heraus. »Und jetzt du«, sagt sie, während sie Maartje das Messer gibt. »Das ist der Beweis, dass du mir versprichst mitzumachen. Los jetzt. Es tut nur ein bisschen weh.«
»Ich könnte krank werden«, sagt Maartje zögernd. »Vielleicht bekommt man von so einer Wunde die Pest oder Wassersucht oder ...«
»Los, mach's schon«, befiehlt Gerritje. »Sonst ist mein Blut geronnen und wir müssen es doch zusammen fließen lassen. Und wenn du krank wirst, hilft dir der Doktor auf dem Fischmarkt bestimmt mit Kreuzspinnensalbe oder Walfischöl.«
Maartje nimmt das Messer und macht die Augen zu.
»Ja!«, ruft Gerritje.

Ein großer Blutstropfen quillt aus Maartjes Daumen. »Schnell, dein Blut zu meinem Blut. Nun sind wir verbunden. Nun musst du mitmachen. Du kannst nicht mehr zurück. Heute Abend wird es geschehen. Heute Abend kommen die Beweise, dass wir zusammen mit der Hexe Maria Mattea mit dem goldenen Umschlagtuch unter einem Dach gelebt haben.«
Sie hebt den Daumen vor Maartje hoch. »Mund halten, nicht wahr?«
Maartje streckt auch den Daumen hoch.
»Ich werde schweigen wie ein Toter in seinem Grab«, verspricht sie. »Wie Floris der Fünfte in seinem Grab in der Laurenskirche.«

KAPITEL 5

Wasserblumen

»Nimm du den Besen, Gerritje«, flüstert Maartje.
»Ja, und hast du das Gänsefett? Dann trage ich auch noch den Kerzenleuchter.«
»Ich habe den Topf mit Fett«, flüstert Maartje und bläst sich über die Finger. »Er ist kochend heiß. Ich verbrenne mich fast.«
»Komm, wir gehen.« Gerritje gibt ihr einen Schubs in den Rücken. »In ein paar Minuten wird die Uhr zwölf schlagen. Hör mal, ich habe ein Gedicht gemacht:

Wenn der Vollmond leuchtet weit und breit,
um Mitternacht, zur Gespensterzeit,
wirst du Hexen und bocksbeinige Teufel sehn,
wie sie zusammen zum Tanzen gehen.«

»Mach doch nicht so eklige Gedichte«, sagt Maartje zitternd. »Das halte ich jetzt wirklich nicht aus.«
Vorsichtig gehen sie die ersten Stufen nach oben. Das Kerzenlicht wirft lange Schatten. »Noch eine Treppe«, flüstert Gerritje. »Vergiss nicht die knarrenden Stufen. Die vierte und die zehnte. Ich gehe vor.«

Sie will ihren Fuß auf die erste Stufe setzen, als sie von Maartje zurückgehalten wird. »Bleib stehen. Ich höre was. Eine Tür wird aufgemacht. Ich sehe Licht. Zurück! Dort kommt sie!«
Sie rennen hinunter, nehmen immer zwei Stufen auf einmal. Maartje muss sich an dem Seilgeländer festhalten, um nicht über ihre Röcke zu stolpern.
»Schnell, in den Weinkeller«, keucht Gerritje. »Da entdeckt uns niemand. Blas die Kerze aus.«
Auf Zehenspitzen laufen sie durch den Flur. Die Weinkellertür quietscht und knarrt, als Maartje sie aufstößt.
»Bleib stehen.« Gerritje kneift ihre Schwester so fest in den Arm, dass diese fast einen Schrei ausstößt. »Sie ... sie ... kommt die Treppe herunter. Ich höre Schlüssel klappern. Sie geht hinaus. Komm, wir gehen ihr nach zum Hexenring.«
»Das geht nicht«, flüstert Maartje. »Sie hat keinen Besen.«

Gerritje steht als Erste draußen. »Dort«, deutet sie. »Dort läuft sie. Sie geht zum Hof. Was sucht sie dort, um diese Zeit? Los, hinterher. Auf Zehenspitzen und nicht zu dicht.«
»Sie hat ein Buch unter dem Arm«, flüstert Maartje. »Ich kann es sehen, der Mond scheint drauf.«
Gerritje kneift die Augen zusammen. So kann sie besser in die Weite sehen. »Ich sehe kein Buch«, sagt sie.
»Schau genau hin, unter ihrem Arm. Rot mit Gold. Das ist ihr Zauberbuch. Alle Hexen haben so eins und alle Teufel auch.«
»Red doch nicht so laut.« Gerritje legt ihre Hand auf Maartjes Mund. »Wenn du nicht still sein kannst, dann geh zurück und ... Nein, jetzt musst du aufhören. Schau nur.

Sie pflückt zwei von den roten Blumen, auf die Herr Aernout so stolz ist. Sie pflückt die Tulpen aus der Türkei, die so viele Florine gekostet haben.«
Gerritje vergisst ganz, dass sie Maartje gerade verboten hat, laut zu sprechen. »Das ist Diebstahl«, sagt sie empört. »Mamat ist alles zugleich. Eine Diebeshexe ist sie. Wir müssen sie bei der Bürgerwacht anzeigen. Die stecken sie erst ins Spinnhaus[1] und dann werden die Flammen des Scheiterhaufens ihren Leib versengen und langsam … ganz langsam wird sie verbrennen, oder sie werden sie ins Wasser werfen, denn … Warum gibst du keine Antwort, Maartje? Was ist mit dir? Du bist so blass. Fühlst du dich nicht wohl? Du machst mir Angst.«
»Mein Herz … es springt raus. Es steckt schon in meiner Kehle. Gleich liege ich auf den Steinen mit meinem Herz.«
»Psst, mein Herz schlägt auch wie der Hammer vom Hufschmied auf dem Amboss. Nichts mehr sagen. Komm, wir laufen ihr nach.«

Sie können nicht mehr miteinander sprechen. Maria Mattea läuft so schnell über die Oudegracht, dass sie fast nicht mithalten können. Auf der Keetgracht geht sie etwas langsamer.
»Sie geht zur Zoutstraat, nein, noch weiter, zum Ort der Ertrunkenen, zum Wasser«, flüstert Maartje. »Vielleicht will sie sich selbst ertränken.«
»Schnell, hinter die Mauer.« Gerritje zieht Maartje mit. »Und bücken. Los.«

[1] Frauenzuchthaus

Als sie hinter dem Mäuerchen knien, sehen sie, wie Maria Mattea die Tulpen mit einer weiten Bewegung ins Wasser wirft.
»Sie ist eine Wasserhexe«, flüstert Gerritje. »Das ist ein Geschenk an die Wassergeister. Hör nur, jetzt fängt sie auch noch an zu singen.«
Maria Matteas Stimme klingt über den Ort der Ertrunkenen. Es scheint, als würde sie kleine Wellen ins Wasser singen.
»Hexensprache«, sagt Gerritje. »Es ist, als wären wir in der Kirche.«
»Jetzt ist sie fertig mit Singen«, flüstert Gerritje. »Ich muss ehrlich sagen, es hat schön geklungen, aber was macht sie jetzt, um Himmels willen?«
»Sie hebt ihre Röcke hoch und lässt ihren bloßen Hintern sehen, um die Wassergeister zu verführen«, kichert Maartje. »Sie holt was aus ihrem untersten Rock. Noch ein Buch. Ich kann seltsame Buchstaben sehen. Hexenbuchstaben. Siehst du die auch?«
Gerritje nickt. »Ja, jetzt sehe ich alles. Der Mond ist so hell.«
Maria Mattea legt das Buch mit den fremden Buchstaben auf das rote Buch, das sie als Pult benutzt. Totenstill steht sie da am Wasser und liest. Und dann, plötzlich, fängt sie wieder an zu singen. Eine Wolke schiebt sich vor den Mond. Irgendwo, weit weg, beginnt ein Hund zu bellen.
»Sie bittet die Wassergeister, ob sie Schiffe verunglücken lassen«, sagt Maartje leise. »Das hat sie bestimmt auch getan, als die Schiffe von Willem Aertszoon und Simon Jansz gesunken sind.«
»Wir müssen was tun.« Gerritje richtet sich auf. »Komm«,

sagt sie. »Es ist mir schon egal, ob sie uns sieht. Schauen wir, dass wir wenigstens die beiden Bücher erwischen. Dann kann sie keine Schiffe mehr sinken lassen. Das sind wir allen Schiffern von Alkmaar schuldig. Sie wird uns nie verraten, denn dann verrät sie sich selber. Jungfer Dorothea und Herr Aernout wollen keine Wasserhexe als Kindermädchen.«

So leise sie können, laufen sie zum Ufer.

»Ich tu's«, flüstert Gerritje, als sie dicht hinter Maria Mattea stehen. »Warte.«

Noch zwei Schritte. Gerritje braucht nur noch die Hand auszustrecken um die Bücher zu nehmen. Noch ein Schritt ... Dann stolpert sie über etwas, was hinter Maria Mattea liegt. Ein Platschen ... ein Schrei ... »Hilfe! *Ajuda!*«

Noch ein Schrei, aber nun ist es Gerritje, die ihn ausstößt. »Weg!«, schreit sie. »Nimm die Schlüssel. Ich bin über die Schlüssel gefallen. Die dreckige Hexe liegt jetzt im Wasser!«

Als sie sich noch einmal umschauen, sehen sie im Licht des Mondes, der wieder zum Vorschein gekommen ist, wie Maria Mattea verzweifelt versucht, die beiden Bücher über das Wasser zu halten. Und in der Zoutstraat hören sie sie noch schreien: *»Ajuda!«*

Noch jemand geht durch die Zoutstraat. Sijmen von der Bürgerwacht.

»Was ist denn da los?« Sijmen packt mit der einen Hand Maartje am Hemd, mit der anderen will er Gerritje aufhalten. Aber die ist zu schnell. Sie rennt weg, Richtung Keetgracht. »Die Mägde von Herrn Aernout auf der Flucht, vor wem denn nur?«, grinst Sijmen. »Sind Kerle etwa hin-

ter euch her? Das würde ich auch tun, wenn ich nicht bei der Bürgerwacht wäre und …«
»Dort!«, schreit Maartje. »Dort ertrinkt jemand, am Ort der Ertrunkenen.«
Sijmen lässt sie los und rennt aus der Zoutstraat.
Langsam geht Maartje weiter. Als sie die Oudegracht erreicht hat, hört sie noch immer die Hilferufe von Maria Mattea. Sie steckt sich die Finger in die Ohren. Es nützt nichts. Die Notrufe von Maria Mattea stecken in ihrem Kopf. Vielleicht für immer.

TEIL II

1954

In dem wir Laurens Beemsterboer kennen lernen
und mehr erfahren über die Vergangenheit
von Maria Mattea.

KAPITEL 6

Rot mit Sommersprossen

»Daraus wird nichts, Laurens. Einmal gehe ich mit.« Meine Mutter schlägt mit der Faust auf den Tisch, was sie sonst nie tut.

»Mama, ich bin dreizehn«, sage ich. »Ich sehe doch selbst, ob ich jemandem trauen kann oder nicht.«

Ich merke, dass auch ich wütend werde. Das kann ja heiter werden. Wir zwei wie wilde Hunde einander gegenüber. Es fehlt nur noch, dass wir anfangen, uns gegenseitig zu beißen.

Sie glaubt mir nicht. Ich habe ihr erzählt, wie ich auf dem Weg zur Geigenstunde im Bus saß und sich ein alter Herr neben mich gesetzt hat. Das war seltsam, denn der Bus war beinahe leer, und noch seltsamer war, dass er sich mir vorgestellt hat. »Maarten Schilder, seit Jahrhunderten wohnhaft in unserem großartigen Alkmaar.«

»Laurens Beemsterboer«, sagte ich. »Und ich wohne schon seit dreizehn Jahren in Alkmaar.«

»Angenehm«, sagte Herr Schilder.

Wir hatten eine Weile nichts zueinander gesagt, als er wieder anfing zu sprechen.

»Ja, du bist es. Ich habe dich schon öfter beobachtet. Extra wegen dir nehme ich mittwochs nachmittags den Bus um Viertel nach vier, denn du bist der Junge, nach dem ich lange gesucht habe.« Er schaute mich an, als könne er durch mich hindurchblicken. »Du, Junge, hast etwas Besonderes, etwas Schönes, etwas, das fast alle Geigenspieler haben. Deshalb habe ich endlich den Mut gefunden, mich neben dich zu setzen. Ich weiß es … ich weiß es … der Bus ist fast leer und ich bin so eigensinnig, mich genau neben dich zu setzen.«

Ich wusste nicht genau, was ich sagen sollte. Was meinte er damit, dass ich etwas Besonderes hatte?

»Ich werde es dir erklären. Fährst du noch weit?«

»Noch sieben Haltestellen«, log ich.

»Gut, dann erzähle ich es dir schnell. Du musst wissen, dass ich früher, als ich so alt war wie du, immer durch die Stadt streunte. Ich genoss all die schönen, alten Gebäude und vertiefte mich in die Geschichte der Stadt. Man könnte beinah sagen, dass Alkmaar die zweite Liebe meines Lebens war – und noch immer ist. Was ich jetzt gerne möchte, ist, meine Liebe jemandem zu übergeben, der jung ist, und deshalb habe ich dich ausgewählt, wegen …«

»… meiner Besonderheit und meiner Geige.«

»Genau. Ich möchte eine Art Fremdenführer sein und deshalb lade ich dich ein, einmal in der Woche mit mir durch die Stadt zu gehen. Außerdem würde ich gerne einmal mit dir zusammen Geige spielen. Wenn deine Eltern es erlauben. Du hast doch Eltern?«

Ich nickte. »Ich habe eine Mutter und eine Oma, aber die wohnt schon lange nicht mehr in Alkmaar. Sie ist 1945 umgezogen nach Amsterdam, mit meinem Opa, und da wohnt sie noch immer. Mein Opa ist vor einem halben Jahr gestorben.«

»Komm doch am nächsten Samstagnachmittag zum Haus Morgentau, dann reden wir weiter. Hast du Lust?«

Ich nickte wieder.

»Schön, dann frag beim Portier nach Maarten Schilder, Zimmer 17.« Er gab mir die Hand. »Bis Samstag«, sagte er. »Ich bin sicher, dass du kommen wirst.«

»Hm«, brummte ich. »So sicher bin ich nicht.«

Er stieg aus. Ich musste noch etwa drei Haltestellen weiterfahren.

Hätte ich meiner Mutter diese ganze Geschichte doch nicht erzählt. Dann hätten wir gemütlich Tee zusammen getrunken, wie immer, und danach hätte ich ihr vorgespielt, was ich in der Geigenstunde gelernt hatte.

»Vielleicht verführt er Kinder«, sagt sie jetzt. »Oder er könnte dich entführen.«

»Dazu gehören zwei.« Ich trete gegen das Tischbein. »Außerdem leben wir nicht mehr im Mittelalter, mit Räubern und Freibeutern oder so.« Wieder ein Tritt gegen das Tischbein.

»Lass das, Laurens.« Sie legt ihre Hand auf meinen Oberschenkel. »Nicht treten.«

Ich stehe auf. »Heute siehst du mich hier unten nicht mehr«, schnauze ich sie an. So laut wie möglich laufe ich die Treppe hinauf. Ich knalle meine Zimmertür zu. »Blöde Erwachsene«, schreie ich das Foto meiner Mutter an, das auf meinem Bücherregal steht. »Vorläufig habe ich keine Lust, dich zu sehen.« Das Foto verschwindet in der untersten Schub-

lade meines Schreibtischs. Ich setze mich aufs Bett und lege eine Platte auf. Ein Knabenchor singt: *»Butterfly, my butterfly, dans un mois je reviendrai …«* Die Jungen können leicht singen, dass sie in einem Monat zurückkommen. Die dürfen auf Tournee durch die ganze Welt reisen. Ich darf nicht mal ein paar Straßen weiter einen alten Mann in einem Altersheim besuchen. Wenn ich weglaufen würde, käme ich bestimmt nicht in einem Monat zurück!
»Butterfly … fly … fly …« Die Jungen wollen weiter singen, es klappt nicht. Ein Kratzer in der Platte.
Dann, ganz allein in meinem Zimmer, fange ich plötzlich an zu lachen. Mir ist eingefallen, was ich zu meiner Mutter sagen kann um sie zu beruhigen. Wir können nun mal nie lange böse aufeinander bleiben.

Als ich langsam die Treppe hinuntergehe, rieche ich aus der Küche den Duft von gebratenem Fleisch, der bis in den Flur dringt. Sie steht am Herd und dreht sich nicht um, als ich hereinkomme. Auf ihrer Kittelschürze blühen feuerrote Mohnblumen und knallblaue Kornblumen.
»Mama«, sage ich.
Sie dreht sich um. »Ja?« Sie hält die große Fleischgabel in der Hand, als wolle sie mich damit stechen.
»Mama«, sage ich wieder. »Du brauchst keine Angst zu haben, dass ich gestohlen werde. Wer würde mich schon haben wollen? So einen Rotkopf mit Sommersprossen und Brille.«
Ihr Gesicht wird plötzlich so weiß, als hätte sie es mit Kreide beschmiert, wie ein Zirkusclown. Sie legt die Gabel auf den Tisch und sieht mich an. Ich sehe, dass sie Tränen in

den Augen hat. »Sag das bitte nie, nie mehr«, sagt sie nachdrücklich. »Nie mehr, Laurens.«
Ich erschrecke so sehr über ihr weißes Gesicht, dass ich nur noch möchte, dass sie so schnell wie möglich wieder normal aussieht.
»Dann komm eben am Samstagnachmittag mit«, sage ich.

KAPITEL 7

Haus Morgentau

»Ich möchte zu Herrn Maarten Schilder.«
Der Portier von Haus Morgentau schaut mich an.
»Wieder ein neuer«, seufzt er. »Herr Schilder erwartet dich bestimmt, oder?«
Ich nicke.
»Hm, das habe ich mir schon gedacht.« Der Mann beugt sich vor, sodass sein Oberkörper aus der Portiersloge hängt.
»Mal sehen, wie lange du es durchhältst«, sagt er grinsend.
»Er möchte immer wieder mit jemandem zusammen Geige spielen und stellt die verrücktesten Fragen.«
Einen Moment lang schießt es mir durch den Kopf, dass meine Mutter vielleicht doch Recht hat mit ihrem Kinderverführer. Ich kann jetzt noch weglaufen …
Der Portier hebt die Hand. »Der Lift ist dort. Zimmer 17, erster Stock.«
»Um halb drei kommt meine Mutter«, sage ich.
Ich habe sie überredet, nicht gleich um zwei mit mir zu gehen, sondern erst eine halbe Stunde später zu kommen. Dieser Herr Schilder soll nicht denken, dass ich ein weichlicher Junge bin, der immer nur an der Hand seiner Mutter herumläuft.

Die Tür von Zimmer 17 steht offen. Ich mache einen Schritt hinein. Herr Schilder steht mit dem Rücken am Fenster. »Herr Schilder«, flüstere ich und dann ein bisschen lauter: »Herr Maarten Schilder?«
Er dreht sich um und breitet die Arme aus. »Willkommen, Laurens Beemsterboer. Du hast einen schönen Namen, einen wichtigen Namen. Einer unserer ersten Jungen, die im Mai 1940 gefallen sind, hieß Beemsterboer. Weißt du das? Bist du schon lange in meinem Zimmer?«
»Ein paar Minuten«, antworte ich.
»Mach die Tür zu und setz dich dahin.« Er deutet auf einen großen Ledersessel.
Er setzt sich mir gegenüber, nimmt eine Pfeife, die neben ihm auf einem Beistelltisch liegt, und beginnt sie sorgfältig zu stopfen. Ich hole tief Luft, denn ich rieche einen bekannten Duft – Mac Baren, Golden Blend –, der Tabak, den mein Opa auch geraucht hat. Plötzlich sehne ich mich nach Opa Frederik.
»So«, sagt Herr Schilder, als er eine große Flamme aus seinem Feuerzeug in die Pfeife gesogen hat. »So, da bist du also. Erzähl mir mal was über dich.«
»Ich bin Laurens Beemsterboer«, fange ich an.
»Das weiß ich schon«, unterbricht mich Herr Schilder. »Ich habe dich doch mit deinem Namen angesprochen.«
»Ich bin am 14. März 1941 in Alkmaar geboren.«
Herr Schilder nickt. »Keine schöne Zeit, um geboren zu werden, mitten im Krieg.«
Ich erzähle ihm von meiner Mutter, von Opa Frederik, der tot ist, und von Oma Aafje, die ganz allein lebt.
»Und um halb drei kommt meine Mutter«, sage ich. Ich

traue mich fast nicht, Herrn Schilder anzuschauen. »Sie kommt nur, um Sie kennen zu lernen«, stottere ich. »Mehr nicht.«

»Sehr gut«, sagt er zu meiner großen Überraschung. »Sehr gut, dass Eltern wissen, bei wem sich ihre Kinder aufhalten. Das hätte ich auch getan, wenn ich je Vater geworden wäre. Und nun etwas über mich. Du weißt auch schon, wie ich heiße. Ich bin am 5. Oktober 1884 geboren.«

»Auch in Alkmaar«, unterbreche ich ihn.

»Gut zugehört«, sagt er. »Und einen guten Blick hast du auch, denn ich habe bemerkt, dass du schon ein paar Mal die Kinderporträts angeschaut hast, die dort hängen.« Sein Pfeifenstiel deutet auf die Wand mir gegenüber. »Die habe ich gemalt.« Er seufzt tief.

»Schön«, sage ich. »Sind Sie wirklich Maler, ich meine, von Beruf?«

»Ich war Zeichenlehrer. Wenn man Schilder[1] heißt, muss man etwas mit Bleistift und Pinsel machen.« Er lacht mir zu. »Findest du nicht auch?«

»Ja.« Ich lache ebenfalls.

»Gefällt dir dieses Bild auch?« Er steht auf und tippt an das eingerahmte Porträt eines großen Mädchens. »Das ist Elisabeth, Liesje«, sagt er leise. »Meine erste Liebe. Sie war so tapfer. Sie hat bis zuletzt Widerstand geleistet, denn ...« Was er sonst noch sagt, kann ich nicht verstehen. Er spricht immer leiser.

Ich schaue auf die große, braun glänzende Holzuhr, die an der anderen Wand steht. Zehn vor halb drei. Ich hoffe,

[1] »Schilder« heißt auf Niederländisch »Maler«.

dass meine Mutter zu früh kommt, denn ich weiß nicht recht, was ich jetzt sagen soll.
»Können die Schiffchen über dem Zifferblatt fahren?«, frage ich dann.
Herr Schilder nickt. »Genau, warte es ab. Um drei Uhr bist du bestimmt noch da. Dann werden die Schiffchen fahren.«
Fünf vor halb drei. Wo bleibt meine Mutter?
»Wann wollte deine Mutter kommen?«, fragt Herr Schilder.
»Jetzt«, seufze ich.
»Dann ist sie zu spät. Sollen wir einen Plan für unsere Stadtwanderung machen?«
»Gern«, sage ich.
»Ich habe dir ja schon gesagt, dass ich dir alle besonderen Stellen der Stadt zeigen will. Vielleicht weißt du noch nicht mal, dass es diese Stellen gibt.«
»Ich bin in der Laurenskirche gewesen und in der Waage und ich weiß, dass dort die Hexen gewogen wurden und ich …«
»Halt!« Herr Schilder hebt die Hand, als wäre er ein Polizist, der den Verkehr regeln muss. »Halt!«, ruft er noch einmal. »Das weiß jeder Tourist. Natürlich gehen wir auch mal zur Waage und zu der Großen oder Sankt Laurenskirche und so weiter, aber du bist ein Alkmaarer, Laurens, 1941 geboren. Du musst auch andere Orte kennen lernen, Orte, die etwas mit deinem Geburtsjahr zu tun haben. Ich gehe mit dir in die Langestraat. Später wirst du verstehen, warum ausgerechnet dorthin.«
Er steht auf und schaut mich wieder so an wie im Bus, als wolle er durch mich hindurchblicken. »Weißt du zum Bei-

spiel, wer Zeger Davidson war? Der hat mit deinem Geburtsjahr nichts zu tun, aber er war ein Mann, der für mich eine ganz besondere Bedeutung hat. Deshalb möchte ich dir gerne etwas über ihn erzählen.«

»Das ist nicht nötig«, sage ich. »Zeger Davidson war mein Lehrer in der sechsten Klasse.«

Herr Schilder lacht auf.

»Nein, du Spinner, der Zeger, den ich meine, ist schon lange tot, er ist 1799 standrechtlich erschossen worden, von den Franzosen, die hier damals, in der so genannten Batavischen Republik[2], das Sagen hatten. Er hat Stroh an die Engländer verkauft, die mit Frankreich im Krieg lagen, und das war strafbar, also hat man ihn im Gemeindehaus von Alkmaar eingesperrt ...«

»War das der schottische Edelmann, der hier in der Nähe gewohnt hat, in Venhuizen?« Ich lasse Herrn Schilder nicht aussprechen, so froh bin ich, dass ich etwas weiß. »Unser Lehrer hat uns von diesem anderen Zeger Davidson erzählt, er ist noch immer stolz darauf, dass er von jemandem abstammt, der sein Ehrenwort gehalten hat, sogar gegenüber dem Feind. Bevor dieser Ur-Urgroßvater unseres Lehrers erschossen wurde, durfte er sich von seiner Frau und seinen Kindern in Venhuizen verabschieden, aber er musste sein Ehrenwort geben, dass er nach Alkmaar zurückkommen würde. Und ...«

»Das stimmt alles«, sagt Herr Schilder zufrieden. »Er kam zurück und wurde am 26. September 1799 auf Befehl der Franzosen erschossen. Was hättest du an seiner Stelle getan?«

[2] Name für die Nördlichen Niederlande unter der Herrschaft Napoleons

Er schaut mich an. »Was würdest du tun?«, fragt er noch einmal, diesmal drängender als vorher.
»Ich weiß nicht, ob ich das Gleiche tun würde«, antworte ich. »Wenn ich vor meiner Hinrichtung nach Hause gehen dürfte, um mich von meiner Frau und meinen Kindern zu verabschieden, würde ich mich verstecken und erst wieder zum Vorschein kommen, wenn die Franzosen nicht mehr das Sagen haben. Aber dieser dumme Zeger Davidson fand, ein Edelmann müsse sein Wort halten. Da muss man doch verrückt sein, wenn man ins Gefängnis zurückgeht und brav abwartet, bis man totgeschossen wird. Er hätte sich in Venhuizen verstecken sollen.«
Sehe ich recht? Hat Maarten Schilder Tränen in den Augen? Ich weiß es nicht genau, aber er nimmt meine Hand und flüstert: »Danke. Tausend Dank. Irgendwann werde ich dir erklären, warum mich deine Antwort so trifft. Ja, er hätte in Venhuizen bleiben müssen. Der ideale Ort, um sich in Zeiten der Unterdrückung zu verstecken, und dabei spielt es keine Rolle, in welchem Jahrhundert, im achtzehnten oder im zwanzigsten.«
Ich überlege mir krampfhaft einen Witz, so verlegen hat mich Herr Schilder gemacht, aber mir fällt einfach keiner ein.
»Wir haben oft Lord Davidson zu unserem Lehrer gesagt«, lüge ich drauflos. »Ihm hat das nicht so gefallen. Wir ...«
»Weißt du, wer Doktor Geesteranus war?« Maarten Schilder ist wieder normal, nicht mehr so nervös. »Weißt du, wo Aernout van Houwelinghe mit seiner Frau und drei Kindern gewohnt hat, und weißt du, was mit Maria Mattea, ihrem portugiesischen Kindermädchen, passiert ist?«

»Nein!«, rufe ich. Ich möchte weg. An meinem freien Nachmittag möchte ich nicht abgefragt werden, als wäre ich in der Schule. Zehn vor drei. Wo bleibt meine Mutter?
Herr Schilder kann, glaube ich, wirklich durch mich hindurchblicken und meine Gedanken lesen.
»Nicht weggehen«, sagt er lachend. »Du erschrickst vor mir, aber das brauchst du wirklich nicht. Ich bin nicht so schlimm. Du brauchst nicht wegzulaufen. Sei froh, dass ich noch nicht für dich gespielt habe.«
Ich verstehe gar nichts mehr. Was meint dieser seltsame alte Mann?
Ich stehe auf. »Ich gehe jetzt«, sage ich. Ich nehme mir vor, nie mehr herzukommen. Herr Maarten Schilder kann sich auf den Kopf stellen mit seiner schönen Stadtwanderung.
»Und deine Mutter? Wir sollten uns doch kennen lernen. Ich habe dir noch gar nichts angeboten. Möchtest du Tee?«
»Nein, vielen Dank.«
Er nimmt mich am Arm. »Versuch es noch ein einziges Mal«, fleht er. »Wenn ich das erste Mal jemanden treffe, benehme ich mich immer ein bisschen seltsam, ich weiß, ich weiß. Es ist eine Art Test, um zu sehen, ob du wirklich so besonders bist, wie ich denke. Du hast es schon fast eine Stunde bei mir ausgehalten und das sagt etwas über dich aus. Später werde ich dir alles erklären.«

Die Schiffchen in der Uhr fangen gerade an zu fahren, als jemand anklopft. Maarten Schilder macht die Tür auf. Da steht meine Mutter.
»Klaartje Beemsterboer.« Sie gibt ihm die Hand. »Ich hatte einen Platten, deshalb komme ich so spät.«

»Treten Sie ein. Möchten Sie Tee?« Er zieht sie förmlich herein.
Fast unmerklich schüttle ich den Kopf. Sie sieht es nicht. Die wilden Bewegungen meiner Arme sieht sie auch nicht. Sie schaut sich im Zimmer 17 um und ich sehe, dass ihr Blick an den Bildern hängen bleibt.
»Wie hübsch, diese Kinderköpfe«, sagt sie. »Und diese schöne Frau, was für prachtvolle Bilder ... Signiert von Maarten S.? Das müssen Sie sein, Herr Schilder.«
Er nickt. »Möchten Sie Tee?«
»Gern«, sagt meine Mutter.
»Ihr schafft es auch ohne mich«, brumme ich. »Ich muss noch Hausaufgaben machen.«
»Und ich habe geglaubt, du hast nichts auf.« Die Augen meiner Mutter werden groß vor Überraschung.
»Bis nächsten Samstag«, sagt Herr Schilder. »Um zwei.«

KAPITEL 8

Spazieren gehen

Warum gehe ich wieder zum Haus Morgentau? Ich wollte doch mit Maarten Schilder nichts mehr zu tun haben.
Es liegt an meiner Mutter.
Sie kam spät nach Hause, an jenem Samstagnachmittag, und mir fiel auf, dass sie viel fröhlicher aussah als sonst.
»Dieser Herr Maarten Schilder …« Sie fing an, mit mir zu sprechen, aber ich gab vor, in mein Buch vertieft zu sein und sie nicht zu hören.
»Leg dein Buch kurz weg«, sagte sie. »Es ist wichtig. Hör zu, Laurens, dieser Maarten Schilder ist ein besonderer Mensch, ein Künstler. Du würdest mir einen großen Gefallen tun, wenn du mit ihm diesen Weg durch die Stadt gehen würdest.«
Ich war verblüfft. Woher stammte diese Veränderung?
»Ich … ich finde es wichtig, dass du ab und zu mit einem Mann zusammen bist. Vielleicht wird er ja eine Art Opa Frederik für dich.«
»Nie«, schnauzte ich sie an. »Opa Frederik ist Opa Frederik. Ich brauche keinen Pseudo-Opa und auch keinen Pseudo-Vater. Ich will einen richtigen.«
Ich weiß, dass sie dann den Mund hält. Sie erträgt es nicht,

wenn ich von meinem Vater anfange. Sie erzählt nie etwas von ihm. Vor langer Zeit habe ich in ihrem Nachttisch ein Foto von ihm gefunden. Ich habe sein Gesicht lange betrachtet, und als ich später fragte, ob er rote Haare gehabt hatte, genau wie ich, bekam ich keine Antwort. »Ich bin sicher, dass er eine Brille getragen hat«, sagte ich noch. »Eine schwarze.«

»Hör zu, Laurens.« Meine Mutter nahm mir das Buch aus der Hand und legte es umgedreht auf den Stuhl. »Mach noch einen Versuch.«

Ich warf einen Blick auf das Buch. Es war, als würde Rémy aus *Heimatlos* mich anschauen und sagen: »Tu's doch. Ich wünschte, ich hätte jemanden wie Herrn Maarten Schilder gehabt.«

Deshalb betrete ich also am folgenden Samstag um zwei Uhr das Zimmer von Maarten Schilder. Er hat seinen Mantel schon an. Wieso ist er so sicher, dass ich komme? Vor einer Stunde habe ich es doch selbst noch nicht gewusst.

»Da bist du ja.« Er lacht. »Sollen wir sofort aufbrechen? Heute geht es erst einmal zum Heilig-Geist-Haus. Du weißt doch, wo das ist, nicht wahr?«

»Ja, nein … eigentlich nicht.« Ich traue mich fast nicht zuzugeben, dass ich nicht weiß, was er meint.

»Dann komm.« Er versucht mich an der Hand zu nehmen, aber das gelingt ihm nicht. Ich möchte schon mit ihm gehen, aber ich hasse es, wie ein braves Jüngelchen an der Hand eines alten Mannes zu laufen.

»Wir sind da. Sagst du nichts?«

»Ja, das ist die Waage.«

»Ich habe mir gedacht, dass du das sagen würdest. Du hast

Recht, das ist die Waage, aber es ist auch das Heilig-Geist-Haus. Von 1390 bis 1582 wurden hier Kranke gepflegt. Landstreicher und Pestkranke fanden hier ein Dach über dem Kopf und 1582, wie gesagt, wurde das Haus umgebaut zur Waage. Unser berühmter Käse wurde bis zu jenem Jahr in einem Raum gewogen, der am Heilig-Geist-Haus angebaut war und ...«
Maarten Schilder hält mitten in seiner Erklärung inne. Er schaut mich an und ich spüre, dass ich rot werde. Wahrscheinlich hat er gesehen, dass ich das Filmteam, das ich in der Ferne sehe, viel schöner finde als seine Geschichten und seine Jahreszahlen.
»Ich verstehe dich, Junge.« Er sieht mich freundlich an. »Es kann dir eigentlich egal sein, was ich dir erzähle. Die Kameramenschen sind viel interessanter als ich, nicht wahr? Bestimmt sind es Amerikaner. Vielleicht suchen sie Statisten für ein Drehbuch. Vielleicht sind sie dabei, das Buch *Heimatlos* zu verfilmen. Vielleicht laden sie uns nach Hollywood ein, um mitzuspielen. Du als Rémy und ich als Vitalis.«
Jetzt bin ich ganz sicher, dass Maarten Schilder eine Art Wahrsager ist. Wie könnte er sonst wissen, dass ich gerade *Heimatlos* lese?
»Weißt du schon, wie es mit Rémy und Vitalis ausgeht? Deine Mutter hat mir gesagt, dass du dieses prachtvolle Buch liest.«
»Nein«, sage ich. »Ich bin noch nicht so weit, aber ich weiß, was diese Kameraleute suchen. Ein rotes Monster mit Sommersprossen und einer Brille. Und den Film nennen sie dann *Das Monster von Alkmaar*.«

Herr Schilder lacht. »Und ich spiele dann einen alten Spinner, mit einer großen Liebe zu Jahreszahlen, eine Liebe, die ich weitergeben möchte, bevor es zu spät ist.«
»Zu spät?«
»Ja, zu spät.« Er nimmt meine Hand, was ich jetzt zu meinem Erstaunen gar nicht schlimm finde. »Komm«, sagt er mit geheimnisvoller Stimme. »Ich werde dir zeigen, was ich meine. Komm einfach mit.«
Wir gehen zu der Seite der Waage, an der ich schon oft vorbeigekommen bin und nie etwas Besonderes gesehen habe.
»Schau, das meine ich.« Herr Schilder deutet nach oben, auf goldene Buchstaben, die mir noch nie aufgefallen sind. »Lies laut«, sagt er. »Gestern, als ich vorbeigekommen bin, habe ich erst richtig verstanden, was da steht. Es ist Lateinisch.«
»Aber ich kann nicht Lateinisch sprechen«, protestiere ich.
»Ich auch nicht. Lateinisch liest man nur.«
Ich lese laut vor: *»Vive memor lethi, fugit hora.«*
»Es ist sehr wichtig, was hier steht. Willst du es wissen?«
»Ja, bitte«, sage ich. Ich traue mich nicht zu sagen, dass es mich nicht besonders interessiert.
»Gedenke des Sterbens, die Uhren gehen schnell«, übersetzt Herr Schilder.
»Finde ich auch«, sage ich. »Wir sind schon eine Stunde unterwegs.«
»Das weiß ich«, sagt Herr Schilder lachend. »Und ich habe noch lange nicht vor zu sterben. Erst will ich dir noch was von der Waage erzählen. Die Uhren gehen schnell. Ich will dir von den Leuten erzählen, die hier gepflegt wurden. Von

ihren Eiterbeulen, von den Ratten, die die Beulenpest verbreiteten. Wie es nach Blut und Schweiß stank. Nicht heute, ein andermal werde ich dich mitnehmen in das Innerste des Gebäudes, wo die Menschen an Krankheiten und Armut krepierten. Wenn du gut hinhörst, kannst du ihr Geschrei und ihre Verwünschungen Gottes, der das alles geschehen ließ, noch hören. Weißt du, dass dieser Spruch schon seit 1712 auf der Waage steht? Ich ... verflixt, jetzt ist mir wieder eine Jahreszahl entschlüpft. Nimm es mir nicht übel, Laurens. Du magst Jahreszahlen nicht besonders, wenn ich dich richtig verstanden habe.«
»Nein, nicht besonders, Herr Schilder. Ich finde Jahreszahlen langweilig, aber ein paar kenne ich trotzdem. Hier kommen sie:

1941 – Laurens Beemsterboer wird geboren.
1943 – Laurens Beemsterboer kann laufen.
1946 – Laurens Beemsterboer kommt in den Kindergarten.
1954 – Laurens Beemsterboer hat eine besondere Begegnung im Bus.«

Herr Schilder legt den Arm um mich. »Noch eine Jahreszahl«, sagt er ernst. »Hör zu: 1954 – Maarten Schilder trifft einen besonderen Jungen, den er jetzt zur Großen oder Sankt Laurenskirche mitnimmt. Das tut er aus zwei Gründen, die dem Jungen noch klar werden. Erstens, dass er Laurens heißt, und den zweiten Grund wird Maarten Schilder ihm später erzählen, wenn der Mann und der Junge einander besser kennen gelernt haben.«
Ich möchte eigentlich sofort wissen, was diese geheimnisvollen Sprüche von Maarten Schilder bedeuten sollen, aber

ich spüre, dass ich jetzt nichts fragen sollte. Wir gehen zur Laurenskirche, sein Arm liegt noch immer um meine Schulter. Wir stehen vor dem Eingang in der Langestraat. Ich sage nichts, ich frage nichts. Ich warte, dass er etwas sagt, aber er bleibt still. Er schaut hinauf zu den Uhrzeigern.
»Hier war es«, flüstert er. »Aber nie um Viertel nach drei, so wie jetzt. Nur wenn es fast dunkel war, dämmrig. Hier, an dieser Stelle, möchte ich einmal eine Kupferplatte an der Wand anbringen lassen mit den Namen aller Widerstandskämpfer, die durch das Zutun der Deutschen den Krieg nicht überlebt haben. Sie waren oft so jung. Fritz Conijn gerade einundzwanzig, Jaap Frencken dreiundzwanzig und so weiter und so weiter.
Fritz war ein guter Freund von mir. Im August 1944 ist er in einem Café an der Noorder Amstellaan in Amsterdam verhaftet worden. Er hat versucht, einen Freund aus dem Widerstand aus dem Gefängnis zu befreien. Er wurde verraten und einen Monat später in Vught erschossen.
Bram Daalder war auch erst einundzwanzig. Der arme Junge ist vier Monate vor der Befreiung in Buchenwald gestorben.
Irgendwann einmal werde ich dafür sorgen, dass sie nicht vergessen werden. Ich werde nicht mehr lange warten. Ich gedenke … des Sterbens.«
Wieder spüre ich, dass ich jetzt nichts fragen und nichts sagen soll. Schweigend kehren wir zum Haus Morgentau zurück.

KAPITEL 9

Oma Aafje

Ich habe nie verstanden, warum Oma Aafje nach dem Tod von Opa Frederik nicht zu uns gezogen ist. Aber eines Abends erzählte mir meine Mutter, dass Oma einen anderen Mann hat, Benjamin, einen Bildhauer.

Ich bin wütend auf Oma Aafje, als sie unerwartet mit diesem fremden Schnauzbart vor der Tür steht.

»Ich bin Benjamin«, sagt er und lacht. »Und ich liebe deine Oma.«

Ich nicht mehr, will ich sagen, aber es kommt kein Wort aus meiner Kehle.

»Kommt erst mal rein und zieht eure Mäntel aus«, sagt meine Mutter.

Sie haben sich offenbar schon einmal getroffen, dieser Benjamin und meine Mutter. Warum hat sie mir kein Wort davon gesagt?

Ich sehe Opa Frederik vor mir. Vielleicht sitzt er jetzt irgendwo auf einer Wolke und schaut herunter, an seiner Pfeife ziehend. »Aafje, was ist mit dir?«, sagt er. »Wer ist dieser Benjamin? Bist du in ihn verliebt? Und was ist mit mir?«

Ich tue, als müsste ich kräftig niesen, als Oma Aafje ver-

sucht, mir einen Kuss zu geben. Sie fragt, ob ich erkältet bin, worauf ich aus vollem Herzen »Nein!« rufe.
Meine Mutter ist eine Verräterin. Sie ist schrecklich nett zu diesem Benjamin. Sie gießt ihm dauernd Kaffee nach und stopft ihn mit Apfelkuchen und Schokolade voll. Wie kann sie ihren Vater, meinen Großvater, so im Stich lassen?
»Möchtest du mir kurz zuhören?« Ich tue, als würde ich die tiefe Stimme des fremden Mannes nicht hören.
»Laurens.« Das ist die Stimme von Oma Aafje. »Benjamin will dir etwas Wichtiges sagen.«
Benjamin steht auf und kommt auf mich zu. Vorhin ist mir gar nicht aufgefallen, wie groß er ist. »Ich sehe, dass du es schwierig findest mit mir, Junge«, sagt er. »Und ich kann es verstehen. Es ist wegen Opa Frederik, nicht wahr?«
Ich nicke.
»Hör zu, ich kann ihn nie ersetzen und das will ich auch nicht. Ich weiß von deiner Großmutter, wie lieb du ihn hast. Ich will kein Ersatzgroßvater sein. Das könnte ich auch gar nicht. Vielleicht … irgendwann einmal … können wir einander schätzen und eine Freundschaft aufbauen. Mehr nicht. Und vielleicht kommst du ja auch mal nach Amsterdam und besuchst mich in meinem Atelier und …«
»Er ist Bildhauer«, sagt meine Oma stolz.
»Das weiß ich schon lange«, schnauze ich sie an.

Die Erwachsenen haben viel Spaß miteinander. Benjamin erzählt einen Witz nach dem anderen und Oma Aafje muss laut lachen.
»Kennst du den?«, brüllt er. »Von Itzig und Mojsche? Der geht so: Itzig trifft Mojsche auf der Straße.

›Mojsche‹, sagt Itzig, ›woran ist deine Frau eigentlich gestorben?‹
›An der Grippe‹, antwortet Mojsche.
›Oh, zum Glück nichts Besonders‹, sagt Itzig erleichtert.«
Sogar meine Mutter muss lachen. Ich gebe mir große Mühe, nicht mitzulachen, und fast gelingt es mir.

»Nein, wir bleiben nicht, Klaartje«, antwortet Oma Aafje auf die Frage meiner Mutter, ob sie zum Abendessen bleiben. »Vielleicht das nächste Mal.« Sie zwinkert mir zu. »Lieber nicht, oder, Laurens?«
»Du schon, Oma«, sage ich.
Oma streichelt mir über den Kopf. »Es wird alles gut«, flüstert sie. »Wir werden ihn nie vergessen, auch nicht für tausend Benjamins. Oder glaubst du, ich würde sonst jedes Mal, wenn ich nach Alkmaar komme, sein Grab besuchen? Benjamin und ich haben wunderschöne ...«
»Gib ihr einen Kuss«, sagt Opa Frederik von seiner Wolke herunter. »Du hast sie doch lieb, nicht wahr?«
Ich tue, was Opa gesagt hat. Zum Glück macht Benjamin keine Anstalten, mir die Hand zu geben. Er winkt mir zu. »Bis bald, mein Lieber.«
»Von mir aus kannst du platzen, mich siehst du nicht mehr«, murmele ich. Ich weiß nicht, ob er es hört.
Meine Mutter hat nichts dagegen, dass Benjamin ihr einen Abschiedskuss gibt. Sie wehrt sich nicht, das sehe ich genau.
Ich weiß nicht, woran es liegt, vielleicht an Benjamin, vielleicht, weil ich es so gemein finde, dass meine Mutter es zulässt, dass Opa Frederik einfach von einem fremden Mann

verdrängt wird. Jedenfalls muss ich plötzlich etwas tun, was sie erschreckt.

»Warum hast du nie einen anderen Mann bekommen?«, sage ich. »Die Sache mit meinem Vater ist doch schon so lange her.«

Ich sehe, dass sie erst weiß wird, dann rot, genau wie beim ersten Mal, als ich nach ihm gefragt habe.

»Sag mir dann wenigstens, wie er geheißen hat. Warum heiße ich genau wie du und Opa und Oma? Alle Kinder heißen wie ihr Vater. Ich weiß überhaupt nichts von ihm. Wie alt war er, als er starb? Wie ...«

»Er ist nicht gestorben ... er wurde ...« Sie sitzt vorgebeugt da, die Hände an den Magen gedrückt. »Ich kann es nicht ... ich will es nicht ...«

Diesen Satz wiederholt sie ständig, während sie mit dem Oberkörper vorwärts und rückwärts schaukelt.

»Laurens, lass mich bitte in Ruhe.« Ihre Stimme klingt flehend. »Wenn du achtzehn bist, werde ich dir alles erzählen. Das verspreche ich dir.«

»Noch fünf Jahre«, sage ich seufzend. »Das ist noch lange hin.«

»Fünf Jahre können tatsächlich lange dauern«, sagt sie. »Das wissen wir doch. Dieser elende Krieg hat fünf Jahre gedauert und ... Nichts mehr fragen ... nichts mehr fragen.« Sie schaut mich so bedrückt an, dass ich alles wieder gutmachen will.

»Ich bringe die Tassen in die Küche und spüle sie ab«, sage ich. »Auch Benjamins Tasse, und dann werde ich Staub saugen und einen neuen Apfelkuchen backen und ...«

Zum Glück lacht sie wieder.

KAPITEL 10

Paganini

»Heute möchte ich dir eine schöne Frau zeigen«, sagt Herr Maarten Schilder nach unserem dritten Spaziergang durch die Stadt. »Du wirst deinen Augen nicht trauen.«
Er deutet auf den Diwan[1].
»Darunter liegt sie. Ich werde …«
Er schaut mich an und bricht in schallendes Gelächter aus.
»Was habe ich nun schon wieder gesagt? Du denkst natürlich, dass ›sie‹ eine Frau aus Fleisch und Blut ist. Ich sehe es an deinem erstaunten Gesicht.«
Er schlägt sich an die Stirn. »Maarten Schilder, achte auf deine Worte, Mann.«
Ich stelle mich ein bisschen näher an die Tür. Dann kann ich noch immer weglaufen, wenn er etwas Unheimliches hervorholt, eine ägyptische Mumie oder so was.
Herr Schilder verschwindet mit seinem Oberkörper unter dem Diwan und kommt nach ein paar Sekunden seufzend und schwer atmend wieder zum Vorschein, mit einem langen, schwarzen Koffer, den er auf den Tisch legt. »Komm näher, hier, neben mich.« Er bläst eine Staubschicht vom

[1] niedriges Liegesofa

Koffer. »Keine Angst. Ich werde dir jetzt etwas ganz Besonderes offenbaren.«

Ich höre zweimal hintereinander das laute metallische Klicken der aufspringenden Schlösser. Herr Schilder beugt sich über den Koffer und nimmt, so vorsichtig wie eine Mutter ihr Baby aus der Wiege, eine Geige heraus.

»Eine Geige!«, rufe ich. »Keine Frau.«

»Nein, Junge, dieses glänzend braune Instrument ist wie eine Frau. Schau dir die Form an.« Er streichelt den Hals der Geige. »Ein langer, schlanker Hals, eine schmale Taille und ein …«

Ich hebe die Schultern hoch. Ich verstehe nichts von Frauen und ich finde, dass er blöde Sachen sagt.

Herr Schilder drückt die Geige an sich. »Nimm es mir nicht übel. Ich habe vergessen, dass du erst dreizehn bist.«

»Sie ist schöner als meine«, sage ich und streiche über den glänzenden Lack.

»Was willst du, Junge, eine echte Jacobsz aus dem siebzehnten Jahrhundert. Schau hier auf das Etikett: *Hendrik Jacobsz me fecit,* Amsterdam 1694, aber ich wäre froher, wenn ich sie nicht hätte.«

Wieder verstehe ich nichts. Wie kann er so etwas sagen?

»Komm, setzen wir uns auf den Diwan, dann werde ich es dir erklären. Diese Jacobsz hat einmal einem jüdischen Geiger gehört. Du weißt, was im Krieg mit den Juden passiert ist?«

Ich nicke. »Wir haben in der Schule darüber gesprochen, vor dem Totengedenktag am 4. Mai. Herr Davidson hat gesagt, dass hier viele Juden gelebt haben und dass sie fast alle von den Deutschen ermordet worden sind, und er hat auch gesagt, dass es Niederländer gegeben hat, die den Deutschen an der Ostfront beim Kampf gegen die Russen geholfen haben. Das waren NSBler, holländische Nationalsozialisten.«

»Noch schlimmer«, seufzt Herr Schilder. »Diese Raufbolde waren SS-Männer. Sie waren noch schlimmer als die NSBler. Euer Lehrer hat Recht, fast alle Juden, die hier gelebt haben, sind ermordet worden, und ich habe immer noch zu wenig dagegen machen können. Ich habe mein Bestes getan.«

»Sie haben Ihr Bestes getan? Wie denn?«

»Lass nur, oder willst du es wirklich wissen? Ich habe dich neugierig gemacht, nicht wahr?« Er seufzt tief. »Also los. Die Kinderköpfe an meiner Wand ... Ich muss dir sagen, dass sie alle mit der Kriegszeit zu tun haben. Diese gemalten Kinder sind alles jüdische Kinder, die ich ... die ich ... ich habe sie untertauchen lassen.«

Er deutet auf ein Bild von einem dunklen Mädchen.

»Diese hab ich selbst nach Venhuizen gebracht und diese da auch. Das ist ihre Schwester. Ria und Maaike van Willigen haben sie geheißen, aber das waren ihre Decknamen. Wie sie richtig hießen, weiß ich immer noch nicht. Den Kindern, die groß genug waren um zu lügen, habe ich gesagt, sie sollten angeben, ich wäre ihr Großvater, wenn jemand fragen würde: ›Wer ist dieser Mann?‹ Ich sagte: ›Nenn mich Opa.‹ Maaike und Ria habe ich, wie gesagt, selbst weggebracht, alle anderen Kinder habe ich in den Eingangsbereich der Laurenskirche gebracht. Wenn ich sie an Leute aus dem Untergrund abgeliefert hatte, ging ich so schnell wie möglich nach Hause um sie zu malen.«

»Wer waren die Leute aus dem Untergrund?«, erkundige ich mich.
»Das ist die typische Frage eines Kindes, das den Krieg nicht bewusst erlebt hat«, sagt Herr Schilder lächelnd. »Du darfst nicht denken, dass wir uns einander vorgestellt haben. Das war viel zu gefährlich. Wir wussten fast keine richtigen Namen, alles waren Decknamen. Ich hieß Job Hendriks. Wenn wir die richtigen Namen nicht wussten, konnten wir auch niemandem verraten, wenn wir geschnappt würden. Nur Liesje ... sie habe ich gefragt, wer sie war. Sie war so schön und so lieb. Ich sehe sie noch weglaufen zwischen zwei Polizisten, nachdem ich ihr eine rote Einkaufstasche gegeben hatte, in der ich ein Baby versteckt hatte.«
»Liesje ... Elisabeth, Ihre erste Liebe?« Ich wage es fast nicht zu fragen, tue es dann aber doch.
Herr Schilder nickt. »Ich sehe sie noch weggehen in der Dämmerung«, sagt er wieder. »Sie wurde mit meiner roten Tasche und dem Baby verhaftet. Ich stand noch vor der Kirche und schaute ihr nach. Im selben Augenblick fühlte ich eine Hand auf meiner Schulter. ›Polizei!‹ Ich drehte mich um und sah in das Gesicht von Ton Oudshoorn, einem alten Schüler von mir. Den anderen Polizisten kannte ich nicht.
›Herr Schilder!‹, schnauzte Ton mich an. ›Ich muss Sie auf Befehl der deutschen Obrigkeit mitnehmen. Sie haben eine Straftat begangen, indem Sie eine Tasche, in der wahrscheinlich ein jüdisches Kind versteckt ist, einer weiblichen Person übergeben haben, die von meinen Kollegen gerade verhaftet worden ist.‹
›Dann los‹, sagte ich. ›Ich habe verloren.‹

Sie nahmen mich mit zum Gemeindehaus, wo ich allein blieb mit Ton Oudshoorn. Er stellte mir alle möglichen Fragen.
›Wie sind Sie an das Baby gekommen? Wo sind die Eltern? Was …‹
›Ton, hör mal‹, unterbrach ich ihn. ›Ich kenne dich von früher, von der Schule. Du warst so ein netter, ehrlicher Junge. Wie kommt es, dass du mit den Deutschen zusammenarbeitest?‹
›Nicht jetzt‹, flüsterte er.
›Ich werde dich etwas fragen‹, sagte ich, so ruhig ich konnte. ›Und ich vertraue darauf, dass du das nicht an die deutsche Obrigkeit weitersagst. Ich gehe das Risiko ein. Ich muss bestimmte Menschen warnen, dass ich geschnappt worden bin und dass ich jetzt hier im Gemeindehaus sitze.‹
Ton schaute mich starr an. ›Sagen Sie ihnen Bescheid, Herr Schilder, aber kommen Sie bitte zurück, sonst bekomme ich große Schwierigkeiten.‹
›Woher weiß ich, dass ich nicht verfolgt werde, sobald bekannt wird, wer diese bestimmten Menschen sind?‹
Er gab keine Antwort. Er machte die Tür auf. ›Weg‹, zischte er. ›Und ein bisschen dalli!‹
Ich rannte weg, so schnell ich konnte. Ich klingelte bei Tobias Rinkel. ›Elisabeth ist verhaftet worden‹, keuchte ich. ›Verschwinde, bevor sie dich verraten kann. Und ich bin auch geschnappt worden. Ich muss in einer Stunde zurück sein, das habe ich versprochen.‹
Ich rannte weiter, zu Annie Laan, der ich auch schon etwa zwanzig Kinder übergeben hatte.
Annie versuchte mich ins Haus zu zerren.

›Geh nicht zurück‹, sagte sie.
›Ich muss zurück, Elisabeth ist auch geschnappt worden, zur gleichen Zeit wie ich‹, protestierte ich.
›Ist mir egal, komm rein‹, befahl Annie. ›Je weniger sie von unseren Leuten erwischen, umso besser. Für Elisabeth kannst du nichts mehr tun.‹
Und da, in diesem Moment, habe ich Liesje im Stich gelassen. Ich, der immer so viel Respekt vor Zeger Davidson gehabt hatte, weil er sein Wort gehalten hatte und zurückgegangen war zu seinem Feind. Ein Feigling bin ich.«
»Ist … ist Liesje tot?« Ich brauche es eigentlich nicht zu fragen. Wegen allem, was Herr Schilder bisher über sie gesagt hat, kann ich es eigentlich wissen.
»Leider ja«, antwortet er leise. »Leider ja, meine erste und einzige Liebe ist in Ravensbrück ermordet worden, im Konzentrationslager. Sie wog nur noch …«
»Im Eingangsbereich der Laurenskirche, haben Sie gesagt? Jetzt weiß ich es.« Ich lasse Herrn Schilder nicht aussprechen. »Deshalb haben Sie das erste Mal, als wir vor der Kirche standen, so geheimnisvoll getan. Sie haben gesagt: ›Ja, hier war es, aber nie um Viertel nach drei, so wie jetzt‹, und dann haben Sie noch andere Sachen gesagt, die ich nicht verstehen konnte. Warum durfte ich da noch nichts von den jüdischen Kindern wissen?«
»Jemand, der wirklich im Widerstand war, redet nicht dauernd darüber. Weißt du noch, dass ich auch gesagt habe, wir müssten uns erst besser kennen lernen? Nun ist es so weit. Und um auf die Geige zurückzukommen: An einem Tag im April 1943 habe ich ein jüdisches Kind in Amsterdam abgeholt, um ihm hier in Alkmaar ein sicheres

Versteck zu besorgen. Sein Vater gab mir diese Geige und bat mich, sie aufzuheben. Sie war schon ein paar hundert Jahre im Besitz der Familie und er wollte nicht, dass sie den Deutschen in die Hände fiel. ›Herr Hendriks‹, sagte er, ›Herr Job Hendriks, wenn wir es nicht überleben, sorgen Sie dann dafür, dass unser kleiner Daniel sie bekommt?‹ Das habe ich versprochen, mit der Hand auf dem Herzen.«
»Dieser Mann lebt also nicht mehr«, sage ich. »Sonst hätten Sie die Geige ja nicht mehr.«
»Stimmt«, sagt Herr Schilder.
»Woher wissen Sie das eigentlich?«
»Das Rote Kreuz hat Listen zusammengestellt, mit den Namen der Ermordeten. Auf einer der Listen fand ich den Namen des Besitzers der Geige.«
»Und Daniel ... wie ...?«
»Wenn es dir nichts ausmacht, möchte ich jetzt lieber nicht mehr über den Krieg sprechen. Vielleicht später. Warum lachst du? So schön ist der Krieg doch auch nicht.«
»Noch einer«, sage ich mit einem Grinsen, »noch einer, der ›später‹ sagt, wenn ich etwas wissen will. Meine Mutter macht das auch immer. Ich muss wohl hundert Jahre alt werden, um Zeit für all diese Geschichten zu haben.«
»Vielleicht wirst du ja noch älter, vielleicht hundertzwanzig, aber jetzt hör erst mal zu. Ich spiele dir ein Capricio von Niccolò Paganini vor. Wir haben jetzt wirklich genug über den Krieg gesprochen.«
Er spannt den Bogen und legt die Geige unter das Kinn und spielt mit geschlossenen Augen, so schön, dass ich das Gefühl bekomme, zu schweben. Das Zimmer füllt sich mit schnellen Klängen, die übereinander stolpern.

Als das Stück zu Ende ist, macht Maarten Schilder die Augen auf.

»Und? Wie gefällt es dir?«

»Wunderbar«, seufze ich. »Und so schnell. Wie machen Sie das?«

Er legt die Geige zurück in den Kasten.

»Ich muss dir etwas verraten.« Er legt den Arm um mich. »Dieses Stück spiele nicht ich, sondern der Besitzer. Seine Seele hat sich in diese Geige zurückgezogen und das hört man. Auf einer anderen Geige hätte ich dieses schwierige Stück nie und nimmer spielen können.«

Ich finde es ganz normal, dass er so spricht, aber ich begreife jetzt gut, dass die anderen Jungen weggelaufen sind, so wie der Portier es mir am Anfang erzählt hat. Als ich das zu Herrn Schilder sage, gibt er nur eine Antwort: »Die waren nicht besonders genug, du aber schon. Und jetzt wird es Zeit, dass du mich bei meinem Vornamen nennst. Kein Herr Schilder mehr, kein Herr Maarten Schilder, sondern einfach Maarten.«

»Ich werde es versuchen«, verspreche ich.

»Wie war es heute bei Herrn Schilder, Laurens?«, fragt meine Mutter.

»Schön, und ganz besonders. Er hat mir Paganini vorgespielt und ich darf ihn Maarten nennen. Er hat auf einer Geige gespielt, die einem jüdischen Geiger gehört hat, der … Und ich weiß jetzt auch, warum die gemalten Kinderköpfe an der Wand hängen. Das sind alles jüdische Kinder, denen Maarten geholfen hat, unterzutauchen. Nächstes Mal erzählt er mir noch mehr. Er war …«

»Was hast du gesagt?« Sie stößt den Stuhl zurück. »Es gibt kein nächstes Mal.«
»Warum nicht?«, schreie ich.
»Ich will nichts mehr von Juden hören!« Sie schreit noch lauter als ich. »Nichts mehr, hörst du? Und ich verbiete dir, noch einmal zu Herrn Schilder zu gehen.«
Ich renne hinaus. Ich will in mein eigenes Zimmer. Dort lasse ich mich der Länge nach auf mein Bett fallen.
Ich weiß es genau. Meine Mutter war im Krieg verliebt, sie war in einen Deutschen verliebt. Und dieser Deutsche ist mein Vater. Vielleicht war sie selbst Mitglied des NSB. Sie hat den Deutschen geholfen, und Oma Aafje auch, und Opa Frederik hat an der Ostfront gekämpft, dieser dreckige SS-Mann. Vielleicht haben sie sogar Juden verraten, die dann geschnappt und ins Konzentrationslager geschickt worden sind. Deshalb will sie mir nichts erzählen und deshalb will sie nichts von Juden hören. Jetzt weiß ich es genau, und was ich auch genau weiß, ist, dass mein Vater mit den Deutschen gegen die Russen gekämpft hat und in Russland gefallen ist. Deshalb darf ich nichts fragen, deshalb tut sie so geheimnisvoll.
Ich glaube, ich laufe weg, und ich weiß auch, wohin. Zu Maarten Schilder im Haus Morgentau, Zimmer 17.

KAPITEL 11

Floris der Fünfte

Meiner Mutter tut ihr Ausbruch Leid. Das ist deutlich zu merken, als ich wieder hinuntergehe. Sie sitzt wie ein Häufchen Unglück am Wohnzimmertisch, vorgebeugt, mit dem Kopf auf den Armen. Oben, in meinem Zimmer, habe ich mir vorgenommen, doch noch hinunterzugehen und sie zu zwingen, mir jetzt endlich zu erzählen, was los ist. Diese Heimlichtuerei macht mich verrückt. Ich will wissen, ob es wahr ist, was ich denke.

Ich berühre sie leicht an der Schulter. »Mama?«

Sie schreckt hoch, als wäre sie von einem Monster gebissen. »Laurens, was ist los?«

»Ich sollte besser dich fragen, was mit dir ist«, sage ich sanfter, als ich gewollt habe. Meine Mutter sieht so bedauernswert aus.

»Mama, ich bin noch lange nicht achtzehn. Ich kann nicht so lange warten, dass du mir erzählst, was hier los ist. Ich darf nicht über Juden sprechen und sag endlich, warum ich nicht mehr zu meinem Freund Maarten gehen darf. Mal darf ich, mal nicht. Ich …«

»Lass mir noch ein bisschen Zeit. Später wirst du alles verstehen.«

»Später dauert so lange.« Ich kann sogar ein bisschen lachen über meine Antwort.
»Das Verbot, zu Maarten Schilder zu gehen, gilt nicht mehr«, sagt sie. »Du hast so wenige wirkliche Freunde. Ich darf dir deinen großen Freund nicht wegnehmen.«

Sie hat Recht. Ich habe keine Freunde. Sie weiß nicht, wie ich in der Schule geärgert werde. Es hat begonnen, als ich acht oder neun war.
»Feuerturm ohne Licht! Krummer Roter!«
»Warum spielst du nicht Klavier oder Gitarre? Warum so eine doofe Geige? Alles nur Katzengejammer. Ekliger Angeber!«
Sie haben sogar ein Lied gemacht:

»Fiedel ... fiedeldum ... dum.
Laurens Beemsterboer läuft krumm.
Rote Haare ohne Kamm,
versaufen sollst du dort im Schlamm.«

»Bring doch mal einen Freund mit«, sagt meine Mutter ab und zu. »Er kann zum Essen bleiben. Das wäre doch schön für dich.«
»Keine Zeit«, antworte ich dann. »Ich will lesen und ich muss Geige üben.« Sie weiß nicht, wie oft ich von einem wirklichen Freund träume, mit dem ich angeln oder boxen gehe. Wenn mich jemand ärgert, hilft er mir und dann traut sich niemand mehr, gemeine Lieder über mich zu singen. Wenn Gabriel bei mir ist – denn so heißt mein erfundener Freund –, traue ich mich in der Klasse auch zu melden,

wenn ich eine Antwort auf eine Frage von Herrn Kaag weiß, dem Mathelehrer. Wenn Gabriel nicht bei mir ist, halte ich den Mund, auch wenn ich die Antwort weiß. Sie würden mich noch mehr ärgern.
Oft muss ich nach der Schule über alle möglichen Umwege nach Hause rennen, um den anderen zu entkommen, die mich ärgern wollen. Wenn sie mal wieder meine Brille erwischt haben, sage ich zu meiner Mutter, ich wäre hingefallen, und manchmal sage ich auch, ich hätte gerauft und gewonnen. »Gut«, sagt sie dann. »Wehr dich nur. Man muss sich verteidigen können. Ich bin stolz auf dich.«
Wenn sie wüsste, wie gern ich diese Raufbolde zu Mus schlagen würde, wie gerne ich mich wehren würde – und dann gewinnen, natürlich.
Jedenfalls verbietet sie mir nicht mehr, zu Maarten zu gehen. Ich hätte es sowieso getan, nur eben heimlich. Ich hätte irgendwelche Ausreden zusammengelogen. Ich nehme mir vor, nie mehr etwas von unseren Unterhaltungen zu erzählen. Ich werde nur von unseren Spaziergängen durch Alkmaar berichten, mehr nicht.

»Heute schauen wir uns die Laurenskirche von innen an«, sagt Maarten. »Und wenn wir zu Hause sind, habe ich eine Überraschung für dich. Komm, wir gehen.«
Ich kann nicht sagen, dass ich mich über seine Ankündigung freue. Ich bin nicht so wild auf Überraschungen.
Als wir draußen sind, hält er mir den Arm hin.
»Es ist doch auch witzig, nicht wahr?«, sagt er lachend. »Wir sind ein tüchtiges Pärchen, wir beide, ein Großvater mit seinem Enkel.«

»Nun, was sagst du? Einundfünfzig Jahre haben unsere Vorfahren an dieser Kirche gebaut. Was für eine Geduld die Menschen damals noch hatten. Wenn man es mit heute vergleicht …« Maarten schaut mich so stolz an, als hätte er die Laurenskirche Stein für Stein mit eigenen Händen aufgebaut.
»Einundfünfzig Jahre«, wiederholt er. »Du kannst es nachrechnen. Am 9. Juni 1470 wurde der erste Stein gelegt und 1521 war die neue Sankt Laurenskirche fertig.«
»Halt!«, rufe ich. »Falsch, Maarten. Weißt du nicht mehr, was du mir wegen deiner Jahreszahlen versprochen hast?«
»Nimm es mir nicht übel, Junge. Ich bin wirklich begriffsstutzig. Aber hör noch einen Moment zu. Und mach die Augen auf.«
»Ich sehe nichts.«
»Dort, im Fußboden, der Grabstein mit dem Familienwappen. Siehst du den halben Baum und die Rose und den Löwen? Ich lese dir vor, was draufsteht: … *leyt begraven duarte soone van diego duarte van antw* …«[1]
»Keine Jahreszahlen«, drohe ich, »sonst laufe ich weg.« Ich mache ein paar laut hallende Schritte durch die leere Kirche, zu einem steinernen Sarkophag. Auf ihm sind ein Löwe und vier tanzende Engel.
»Das ist das Grab von Floris dem Fünften«, flüstert Maarten. »Seine Eingeweide liegen hier begraben. Der Rest, die Knochen und so, ist in der Abtei von Rijnsburg begraben.«
»Pfui, wie eklig«, sage ich erschauernd. »Ist das wirklich

[1] liegt begraben duarte sohn von diego duarte von antw…

wahr? Sein Magen und seine Gedärme sind hier und der Rest ...«

»Und alle glauben, dass er in einem Marmorsarg liegt, aber das stimmt nicht. Die Hälfte von Floris ruht für ewig in diesem Grab, das wie Marmor aussieht, aber es ist Holz, das wie Marmor angemalt worden ist. Und der arme Mann hat so viel gelitten. Er ist ...«

»... 1296 bei Naarden ermordet worden«, unterbreche ich ihn mit meiner Jahreszahlenaufsagstimme. Wir gehen weiter, zu einer großen Orgel. Ich lege die Hände auf den Rücken und schaue hinauf. Ich kann den Blick nicht von drei Engeln an der Unterseite der großen Orgel wenden.

»Sie werden bestimmt frieren, Laurens«, kichert Maarten. »Stell dir vor, du müsstest sommers wie winters mit nackter Brust an einer Orgel der großen Kirche herumschweben.«

Ich muss lachen. Es ist, als würden die Engel mitlachen. »Floris der Fünfte«, sage ich noch einmal mit meiner Jahreszahlenaufsagstimme, »wurde 1270 mit Beatrix, der Tochter von Guy, dem Grafen von Flandern, verheiratet.«

»Was soll das?« Maarten starrt mich an, als würden ihm die Augen aus dem Kopf fallen, so erstaunt ist er. »Fängst du jetzt auch schon mit Jahreszahlen an?« Sein Lachen klingt so laut durch die Kirche, dass er die Hand vor den Mund schlägt. »Ich gehe weg«, kann ich noch verstehen. »Ich schäme mich, in einer Kirche darf man nicht so lachen.« Hintereinander laufen wir aus der Kirche.

»Und ich wollte dir noch so viel erzählen. Von der kleinen Orgel zum Beispiel, die von Johan van Covelen aus Amsterdam gebaut wurde, und von ...«

»In welchem Jahr?«, frage ich neckend.

»1511«, antwortet Maarten, dann hat er es kapiert. »Du hässlicher kleiner Lausbub. Du forderst mich geradezu heraus, Jahreszahlen zu nennen, und dann wirst du böse und drohst wegzulaufen.«

»Gehen wir zu Haus Morgentau«, schlag ich vor.

»Gut«, sagt Maarten. »Dann erzähle ich dir auch, um welche Überraschung es geht. Du wirst erstaunt sein, denke ich. Es ist auch was für deine Mutter und, wenn du willst, auch für deine Oma Aafje.«

KAPITEL 12

Ewout van Houwelinghe

Ich verstehe erst nicht, welche Überraschung Maarten sich für mich überlegt hat.
Bis jetzt hat er immer behauptet, dass er nie zu den Zusammenkünften im Aufenthaltsraum von Haus Morgentau geht. »Ach, so viele alte Leute«, sagt er. »Die machen einen noch älter, als man ist. Ich brauche junges Gemüse wie dich um mich. Ich eigne mich nicht dazu, irgendwelche Gesellschaftsspiele zu spielen.«
Er will auch immer, dass ich weggehe, bevor es um fünf zum Essen klingelt. »Diesen brueghelianischen Aufzug[1] von alten Wracks brauchst du nicht zu sehen.« Dann lacht er immer ein bisschen traurig. »Mach, dass du wegkommst.«
Aber jetzt fragte er, ob ich ihn in die große Halle begleite, wo neben der Portiersloge ein Plakat hängt.
»Lies laut«, sagt er. »Das ist die Überraschung.«
Ich fing an zu lesen:

– GRATIS – GRATIS – GRATIS! –

[1] Pieter Brueghel ist der bedeutendste niederländische Maler der zweiten Hälfte des 16. Jahrhunderts.

SAMSTAG, 12. JUNI, 19 Uhr,
WIRD DER ALKMAARER SÄNGER UND GITARRIST
EWOUT VAN HOUWELINGHE
IN DER GROSSEN HALLE AUFTRETEN.
SEIN REPERTOIRE BESTEHT AUS
BALLADEN, FRANZÖSISCHEN UND
SPANISCHEN VOLKSLIEDERN.
JEDER BEWOHNER DARF DREI GÄSTE
EINLADEN.
ANMELDUNG VOR DEM 1. JUNI
BEI DER REZEPTION.

»Nun, was sagst du dazu?« Maarten steht strahlend vor dem Plakat. »Wirst du kommen?«
»Dann sehe ich aber den Aufzug der alten Menschen«, necke ich ihn.
»Du siehst sie aber nicht bei Gesellschaftsspielen«, antwortet er. »Musik ist etwas ganz anderes. Und wie du weißt, gilt diese Einladung auch für deine Mutter und deine Oma.«
»Danke, ich werde es ihnen sagen«, verspreche ich. »Ich komme bestimmt, und meine Mutter auch, glaube ich, aber ob Oma Aafje aus Amsterdam anreist, weiß ich nicht.«
»Wir werden sehen«, sagt Maarten. »Ich fände es jedenfalls schön, drei Gäste zu haben. Dann würden die anderen sehen, wie viele Freunde ich habe.«

Der Aufenthaltsraum von Haus Morgentau ist mit Girlanden und Fahnen geschmückt. Wir sitzen zu viert an einem kleinen, etwas wackligen Tisch. Ich nehme einen Bierdeckel, um ihn unter das eine Bein zu legen, aber Maarten zieht ihn mir aus der Hand. »Lass es mich machen, ich bin der Hausherr«, sagt er und verschwindet samt Bierdeckel unter dem Tisch.

Es dauert lange, bis er wieder zum Vorschein kommt. Seine Wangen und seine Stirn sind feuerrot. Vom Bücken, denke ich in diesem Moment.

»Schön, dass ihr hier seid, drei Gäste allein für mich. So eine Ehre.« Maarten strahlt. »Und die größte Ehre ist, dass Sie den ganzen Weg aus Amsterdam nach Alkmaar gekommen sind, Frau Beemsterboer, oder darf ich auch Oma Aafje sagen?«

Zum Glück braucht Oma Aafje diese Frage nicht zu beantworten. Ein Mädchen steht vor unserem Tisch. »Möchten Sie Kaffee oder Tee? Zucker und Milch?«, fragt sie.

Ich weiß genau, was meine Oma Aafje gesagt hätte, wenn das Mädchen nicht hier gestanden hätte. »Nein, Herr Schilder. Es gibt auf der ganzen Welt nur eine Person, die mich Oma nennen darf, und das ist mein Enkel Laurens.«

Ich zwinkere meiner Mutter zu. Sieht sie auch, wie verlegen Maarten Oma Aafje anschaut? Er starrt sie die ganze Zeit an, ohne etwas zu sagen, und meine Oma schaut ihn ebenfalls an.

»Meine Damen und Herren!« Ein kahlköpfiger Mann in einem schwarzen Anzug steht auf der Bühne hinter einem Pult. »Meine Damen und Herren!«, ruft er noch einmal. »Darf ich Sie als Vorsitzender des Hauskomitees bitten, Platz zu nehmen und still zu sein. Ich möchte Ihnen nun einen ganz besonderen Sänger ankündigen, nämlich Ewout van Houwelinghe. Wenn Sie aufgepasst haben, haben Sie ihn bestimmt schon im Flur stehen sehen.« Er deutet zur Glastür des Aufenthaltsraums. »Und wenn Sie sich für die Geschichte unserer Stadt interessieren, wird Ihnen der Name van Houwelinghe bekannt vorkommen.«

»Die van Houwelinghes lebten Ende des fünfzehnten, Anfang des sechzehnten Jahrhunderts an der Oudegracht«, ruft eine Frau. »Und sie hatten ein portugiesisches Dienstmädchen, das ertrunken ist. Niemand hat je wieder etwas von ihr gehört und ihre Leiche ist nie gefunden worden.«

»Das stimmt«, antwortet der Kahlkopf. »Und nun habe ich die Ehre, Sie um Ihre Aufmerksamkeit für Ewout van Houwelinghe zu bitten. Applaus!«

Die Glastür öffnet sich. Mit einem weiten Sprung kommt der Sänger in den Saal. Mir fallen bald die Augen aus dem Kopf, so großartig sieht er aus in seiner schwarzen, glänzenden Kniehose, dem hellblauen Hemd, den weißen Strümpfen und den schwarzen Wildlederstiefeln. Er macht eine tiefe Verbeugung und setzt sich auf einen hohen Hocker. Er zupft ein paar Töne auf seiner Gitarre, dann fängt er an zu singen.

»Ain boer wol noar zien noaber tou, hai, boer, hai – eine alte Volksweise, meine Damen und Herren«, erzählt er während des Spielens. *»Zien wief dei wol met om goan, dom dom dom dai –«*[1]

Das Lied ist lang und ich kann nicht alles verstehen. Wir klatschen laut, als es zu Ende ist, und Ewout bedankt sich mit einem Handkuss.

[1] *Ein Bauer wollt zum Nachbarn gehen, he, Bauer, he – Sein Weib, das wollte mit ihm gehen, dom dom dom dai*

»Möchtest du nicht doch lieber Gitarre spielen als Geige?«, flüstert mir Oma Aafje ins Ohr. »Dann könntest du auch so schöne Lieder spielen und dazu singen.« Ich erschrecke, ich muss plötzlich an diese Lümmel in der Schule denken. Ich möchte ihr gerne antworten, aber das kann ich schon nicht mehr. Ewout kündigt das nächste Volkslied an.
Leider kenne ich auch dieses Lied nicht. Oma Aafje schon, und Maarten auch. Sie singen mit und es sieht fast aus, als würden sie auf ihren Stühlen tanzen. Meine Mutter zwinkert mir zu.
Als das Lied zu Ende ist, stehen die Leute auf und jubeln Ewout zu. »Bravo! Bravo!«, ruft ein alter Mann laut.
»Und nun noch ein besonderes Lied«, sagt Ewout. »Ein Schlaflied. Vielleicht glauben Sie, das sei Spanisch, was ich jetzt singe, aber da irren Sie sich. Es ist Ladino, ein Gemisch aus Spanisch und Hebräisch. Es ist ein Lied, das geflohene spanische und portugiesische Juden in die Niederlande mitgebracht haben. In Spanien und Portugal wurden sie gezwungen, sich taufen zu lassen, und deshalb sind sie geflohen, auch nach Alkmaar. Hören Sie nun *Durme durme*, das ist so etwas Ähnliches wie unser *Schlaf, Kindchen, schlaf,* und danach das Lied *Canta, gallo, canta,* das bedeutet *Krähe, Hahn, krähe*.«
Ich kriege einen Mordsschreck und werfe einen Blick zu meiner Mutter. Ich habe Angst, dass sie wegläuft, weil sie nichts über Juden hören will. Doch zum Glück bleibt sie sitzen.
Leise beginnt Ewout zu singen:

»Durme durme hermozo hjigo
durme durme con savor …«[2]

Und auf einmal passiert etwas, was ich nicht verstehe. Ich werde plötzlich ganz klein und summe mit Ewout mit.

»Cerra tus luzios ojicos
durme durme con savor …«[3]

Eine Frauenstimme singt zusammen mit Ewout. Ich liege bei jemandem auf dem Schoß. Bei einer Frau, die mir sanfte Küsse auf die Wange gibt.

»durme durme con savor …«

Ich rieche einen süßen Duft, schmecke süße Milch und zusammen mit Ewout van Houwelinghe singe ich ein Schlaflied, das ich eigentlich nicht kenne … Was passiert da?
Plötzlich wache ich aus einem seltsamen Traum auf. Ich sehe meine Mutter aus dem Saal laufen. Kurz darauf sehe ich, dass sie ihren Mantel anhat. Wohin geht sie? Ich möchte noch nicht weg. Ich möchte warten, bis Ewout van Houwelinghe fertig ist.
Oma Aafje schlägt die Hand vor die Augen. »Es ist so weit«, flüstert sie. »Er erinnert sich an die Ladino-Lieder. Wie ist das möglich? Er war doch noch keine zwei Jahre alt, als …« Sie legt ihre Hand auf Maartens Hand. »Jetzt muss

[2] Schlaf, schlaf, lieber Junge / schlaf nach Herzenslust.
[3] Mach deine klaren Augen zu / schlaf, schlaf nach Herzenslust.

er es erfahren, Job. Wir werden jetzt heimgehen, und vielen Dank für deine Einladung. Wenn wir daheim sind, werde ich ihm alles erzählen, zusammen mit Klaartje. Jetzt muss sie es tun. Sie darf nichts mehr zurückhalten. Und wenn sie noch immer nicht sprechen will, werde ich sie zwingen, alles zu sagen. Es reicht. Auf diese Art wird Laurens noch ganz verrückt. Das darf sie ihm nicht weiter antun. Frederik hat auch immer darauf gedrungen.«

Was ist los? Warum tun die Erwachsenen schon wieder so geheimnisvoll? Ich möchte so schnell wie möglich zu meiner Mutter. Ich will Maarten die Hand geben, aber er streckt mir seine nicht entgegen.
»Auf Wiedersehen, großer Freund.« Zum ersten Mal in meinem Leben gibt mir Maarten Schilder einen Kuss. »Wenn du mich brauchst, kannst du immer kommen«, sagt er ernst. »Auch wenn es mitten in der Nacht ist.«

Erst unterwegs dringt es zu mir durch, dass Oma Aafje Job zu Maarten gesagt hat. Sein Name aus dem Widerstand.

KAPITEL 13

Daniel

»Komm sofort herunter, Klaartje!« Oma Aafje steht unten an der Treppe. Ich stehe neben ihr. So habe ich sie noch nie zu meiner Mutter sprechen hören, so laut und so streng. Während sie nach meiner Mutter ruft, streichelt sie mir über den Kopf. Ich ziehe ihre Hand weg, denn ich habe das Gefühl, als hätte ich zu lange auf einem Karussell gesessen, als wären mein Kopf und mein Magen ganz durcheinander geschüttelt worden. Mir ist schlecht.

Auf dem Heimweg habe ich versucht, dahinter zu kommen, warum sich alle so geheimnisvoll anstellen, aber Oma Aafje sagte nur: »Gleich, wenn wir zu Hause sind. Wir müssen auf Klaartje warten.« Ich lief ein bisschen voraus. »Dann eben nicht«, sagte ich, sodass sie es nicht hören konnte. »Dann sagst du eben nichts! Ich komme schon noch dahinter.«

Zum ersten Mal sah ich, dass sie den Schlüssel von unserem Haus an ihrem Bund hat. Sie schloss die Tür für mich auf. Dann lief sie in den Flur. Bevor sie ihren Mantel auszog, rief sie nach oben, dass meine Mutter sofort kommen solle. Langsam, ganz langsam kommt meine Mutter die Treppe herunter.

»Komm«, sagt Oma Aafje. »Setzen wir uns ruhig an den Tisch und erklären ... alles. Nach all den Jahren wird es auch Zeit.« Sie hält die Wohnzimmertür auf um meine Mutter und mich hineingehen zu lassen. »Sei tapfer, Klaartje«, sagt sie. »Mindestens so tapfer wie damals.«
Wir sitzen um den Tisch und dann passiert etwas, was ich nicht erwartet habe. Oma Aafje schaut meine Mutter an.
»Du oder ich?«, fragt sie.
»Ich nicht«, flüstert meine Mutter.
Ich schaue von einer zur anderen. Bin ich genauso blass wie meine Mutter und meine Oma?
»Ich werde dir jetzt eine Geschichte erzählen«, sagt Oma Aafje leise. »Hör gut zu.«
»Ich will keine Geschichte«, schreie ich. »Ich bin kein kleines Kind mehr.«
»Hör mir zu, Laurens.« Oma Aafje kümmert sich nicht um mein Geschrei. Ich stecke mir die Finger in die Ohren, meine Mutter zieht sie weg.
»Die Geschichte spielt im Krieg«, fängt Oma Aafje an. »Und ...«
»Das habe ich mir schon gedacht«, schnauze ich sie an. »Ihr wollt mir erzählen, dass die Deutschen, dass mein Vater ...«
»Psst«, sagt meine Mutter. »Hör zu.«
»Im Krieg lebte in Amsterdam eine jüdische Familie, ein Vater, eine Mutter und ein kleiner Sohn«, fuhr Oma Aafje fort. »Es war eine besondere Familie. Vor langer, langer Zeit waren ihre Vorfahren aus Portugal in unser Land geflohen, deshalb hatten sie auch so einen schönen Namen: Duarte Rodrigues. Der Vater und die Mutter und der kleine Junge waren glücklich miteinander, bis ...«

Es passiert etwas Seltsames. Ich weiß nicht mehr, was Oma Aafje sagt. Ich sehe, dass sie die Lippen bewegt, aber im Zimmer ist kein anderes Geräusch zu hören als der kleine, hölzerne Kuckuck, der aus der Uhr gekommen ist, um mitzuteilen, dass es zehn Uhr ist.
»... deshalb haben wir dir den Namen Laurens gegeben, wegen der Laurenskirche und ...«
Meine Mutter schiebt ihren Stuhl vom Tisch. Langsam geht sie zu der braunen Kommode, die so glänzt, dass ich mich früher, als ich noch klein war, oft darin gespiegelt habe.
»Bring es her, Klaartje«, flüstert Oma Aafje.
Die unterste Schublade quietscht, als meine Mutter sie aufzieht. Ich sehe, dass sie eine Tasche aus rotem Samt herausholt. Sie kommt zurück und legt die Tasche vor mich auf den Tisch. »Mach auf, Laurens, das gehört dir«, sagt sie leise. »Oder soll ich es für dich tun?«
»Gut«, sage ich. »Tu's.«
Vorsichtig macht sie die Tasche auf. Ich sehe, dass die Innenseite nicht aus Samt ist, sondern aus glänzender roter Seide. »Schau doch mal, wie süß.« Sie hält ein winziges Puppenjäckchen hoch. »Mach die Hand auf«, flüstert sie. Ich tue, was sie sagt, aber was soll ich mit einem Puppenjäckchen anfangen? Langsam fange ich an zu glauben, dass meine Mutter und Oma Aafje einfach ein bisschen verrückt geworden sind.
»Von dir«, flüstert Oma Aafje. »Dieses Jäckchen ist das Einzige aus deiner Babyzeit. Sie haben es mitgegeben.«
»Und ...?« Mehr bekomme ich nicht heraus. Warum fangen sie plötzlich mit meiner Babyzeit an und warum machen sie so ernste Gesichter? Meine Oma sieht, dass ich das

Jäckchen in die Tasche zurückstopfen will. Sie legt ihre Hand auf meine. »Nein«, sagt sie. »Tu das nicht.«
»Dann sagt es mir doch!« Ich weiß nicht, warum, aber ich muss sie wieder anschreien.
»Du … du …«, stottert meine Mutter und dann dreht sie das Jäckchen um. Sie legt es vor mir auf den Tisch. »Hier, lies die gestickten Buchstaben.«
»Daniel Duarte Rodrigues«, lese ich laut.
»Das hat dir gehört«, sagt Oma Aafje. Ihre Stimme klingt anders als sonst.
»Mir?«
Oma Aafje nickt. »Ja, dir. Das rote Köfferchen, in dem diese Sachen waren, hat Klaartje auf dem Dachboden versteckt.«
Ich fange an zu lachen. »Daniel Duarte und was noch? Das stimmt doch gar nicht. Ich bin zufällig Laurens Beemsterboer.«
Ich schaue von meiner Mutter zu Oma Aafje. Sie sehen aus wie Marionetten, als würde jemand mit unsichtbaren Fäden ihre Köpfe hin und her bewegen. Nein, sagen diese Kopfbewegungen.
»Nein?« Meine Stimme klingt heiser. Ich habe einen Kloß in der Kehle.
Meine Mutter steht neben mir. »Vor diesem Augenblick habe ich immer Angst gehabt«, flüstert sie. »Und jetzt ist es so weit. Jetzt musst du die Wahrheit wissen. Ich habe geglaubt, du würdest dadurch, dass ich dir nichts sage, für immer mein Sohn bleiben. Mein eigener Sohn.«
»Aber das bin ich doch, ich bin Laurens Beemsterboer, geboren am 14. März 1941 in Alkmaar, Sohn von Klaartje

Beemsterboer und von … und Enkel von Aafje Beemsterboer-Bot und Frederik Beemsterboer.«

»Nein, mein liebster Schatz, jetzt hör doch mal zu.« Oma Aafje setzt sich neben mich. »Du bist geboren in Amsterdam, als Sohn von Diego Duarte Rodrigues und Raquel Duarte Rodrigues-da Rosa, die …«

Ich springe auf, ich möchte sie schlagen.

»Ihr seid Lügner«, brülle ich. »Dreckige Lügner. Und Opa Frederik auch.«

Mit geballten Fäusten stehe ich vor meiner Mutter.

»Ich gehe zu Maarten und komme nie mehr zurück.«

»Soll ich Job anrufen, Klaartje, und ihm sagen, dass Laurens zu ihm kommen will?«

Meine Mutter nickt. »Ruf ihn an«, sagt sie. »Es ist doch alles verloren.«

Ich renne zum Flur. »Ich rufe selbst an«, schreie ich. »Ihr braucht nichts mehr für mich zu tun.«

»Hallo, hier Schilder«, sagt Maartens Stimme in mein Ohr.

»Hier … hier ist Laurens«, sage ich. »Darf ich heute Nacht bei dir schlafen? Ich … ich …«

»Ist deine Mutter einverstanden?«

»Meine Mutter? Ja.«

»Du bist willkommen. Ich habe noch eine Reservematratze im Abstellraum. Bis gleich. Gib mir doch noch kurz deine Mutter.«

»Ja, bis gleich«, sage ich und gehe ins Zimmer zurück.

»Also … ich … heiße Daniel?«

Oma Aafje nickt. »Job hat dich aus Amsterdam geholt, als es dort zu gefährlich wurde, und bei der Laurenskirche hat er dich mir übergeben. Ich habe dich bei Klaartje untergebracht und sie hat dich immer bei sich behalten. Deine Eltern …«

Ich lasse sie nicht aussprechen, so muss ich lachen.

»Hör auf, Laurens!« Oma Aafje hat Tränen in den Augen. »Ich möchte dir sagen, dass deine Eltern umgekommen sind, und du erstickst bald vor Lachen.«

»Ich … ich dachte, ihr hättet den Deutschen geholfen, weil Mama nichts über Juden hören wollte, und ich dachte, mein Vater wäre ein Deutscher gewesen, und jetzt ist es gerade andersherum. Meine Oma ist eine Widerstandsheldin. Und ich … ich habe also doch einen Vater? Bestimmt dieser Mann von dem Foto, das Mama im Nachttisch hat.«

»Nein, das ist ein früherer Freund von Klaartje. Er hat nichts mit dir zu tun …« Oma Aafje wischt mit einem weißen Spitzentaschentuch über ihre Wange. »Ja«, flüstert sie. »Du hast einen Vater und du hast auch eine Mutter.«

»Das weiß ich«, sage ich. »Und sie heißt Klaartje Beemsterboer.«

»Nein«, sagt meine Mutter, die wieder ins Zimmer gekommen ist. »Da es nun mal schon so weit ist, möchte ich dir alles erzählen. Deine Mutter …«

»Nein!«, schreie ich. »Ich will nicht. Ein Vater ist genug.«

»Deine eigene Mutter …«, sagt Mama.

»Lass es, Klaartje, nicht alles auf einmal.« Oma Aafje legt meiner Mutter die Hand auf den Mund.

»Nein, nicht.« Meine Mutter zieht Oma Aafjes Hand weg. »Du wolltest doch so gern, dass ich alles erzähle, Mutter. Nun ist es so weit und …«

»Frederik wollte es auch unbedingt. Am Abend vor seinem Tod …«

Da ist Opa Frederik wieder auf seiner Wolke.
»Du bist sehr lieb, Daniel Duarte Rodrigues«, sagt er. »Und ich habe dich immer als meinen Enkel angesehen. Nun müssen wir uns ein bisschen trennen, aber nur ein kleines bisschen.«
»Ich bin Laurens Beemsterboer«, schreie ich Opa Frederik zu. »Und sonst niemand.«
Jemand zieht mich auf den Schoß. Ich rieche das kölnisch Wasser von Oma Aafje. »Es muss nicht gleich sein«, flüstert sie mir ins Ohr. »Du brauchst Zeit, um dich daran zu gewöhnen, und wir auch.«
»Wo ist er gestorben und hatte er rote Haare?«
»Ich glaube schon, aber vielleicht hatte ja deine Mutter rote Haare.«
»Nein, meine Mutter ist blond, das weißt du doch.«
»Ich habe mit Herrn Schilder abgemacht, dass du morgen zu ihm kommst«, sagt meine Mutter. »Er hat etwas Wichtiges zu sagen und er will dir etwas Besonderes zeigen.«
»Ein bisschen gehörst du auch Job«, sagt Oma Aafje. »Was für ein Wunder, dass ich ihn gerade heute Abend wiedergetroffen habe. Wie konnte ich wissen, dass Job Hendriks aus dem Krieg und Maarten Schilder heute ein und dieselbe Person sind?«
Ich sage nichts mehr, ich verstehe nichts mehr. Ich fühle mich wie vor langer Zeit, als ich auf einem Geburtstag ein halbes Glas Wein getrunken habe. Niemand hatte es gesehen und alle dachten, ich wäre krank.
Wie ging das Ladino-Lied von Ewout van Houwelinghe?
Es will mir nicht mehr einfallen.
Es ist weg.

KAPITEL 14

Die Wahrheit

In der Nacht nach dem Gespräch mit meiner Mutter und Oma Aafje pinkele ich ins Bett. Ich schäme mich zu Tode. Ich nehme mein nasses Betttuch und stopfe es in den Waschkorb. Dreizehn bin ich, kein Baby mehr.

Sechs Uhr. Im Haus ist es still. Meine Mutter und Oma Aafje haben bestimmt besser geschlafen als ich.

»Ich bin bei Maarten«, schreibe ich auf einen Zettel, den ich auf den Tisch lege. Und: »Ich habe ins Bett gepinkelt. Meine Decke ist noch trocken.«

Als ich am Haus Morgentau ankomme, sehe ich Maarten an seinem Fenster stehen. Er winkt, er wirft mir eine Kusshand zu.

»So, du bist aber ein früher Vogel«, brummt der Nachtportier. »Was ist denn los? Bist du aus dem Nest gefallen?«

»Ich möchte zu Maarten Schilder.«

»Junge, der schläft doch noch. Und mich hast du auch gerade aufgeweckt.« Er gähnt. »Du darfst den alten Mann nicht stören. Setz dich eine Weile dahin.« Er deutet auf eine dunkelbraune Holzbank, die gegenüber seinem Glashäuschen steht.

»Er steht an seinem Fenster«, sage ich. »Er ist mein Freund.«

»Also von mir aus, Zimmer 17.« Er gähnt.
»Weiß ich«, fahre ich ihn an.

Maarten wartet am Aufzug auf mich.
»Guten Morgen, Laurens«, flüstert er. »Ich habe die ganze Nacht an dich gedacht und da bist du nun. Wie ist es möglich, dass wir auf eine so besondere Art miteinander verbunden sind? Ich muss es gespürt haben, als ich mich im Bus neben dich gesetzt habe. Job Hendriks und Laurens Beemsterboer. Maarten Schilder und Daniel Duarte Rodrigues.«
»Woher weißt du das, das mit diesem Daniel Duarte und so weiter?«
»Komm erst mal rein. Wir dürfen im Flur nicht so viel sprechen, sonst wecken wir die alten Leute auf.«
Er schiebt mich in sein Zimmer.
Es scheint ganz anders auszusehen als sonst. Ich möchte zum Fenster gehen und den blühenden Kastanienbaum betrachten. Der sieht wirklich anders aus als vor ein paar Tagen. Maarten hält mich zurück. »Erst hierhin«, sagt er. Er geht zur Wand mit den Zeichnungen und deutet auf das Bild eines kleinen Jungen, das ich schon so oft gesehen habe.
»Weißt du, wer das ist?«
»Nein.«
»Wirklich nicht?«
»Nein.«
»Soll ich es dir sagen?«
»Mir egal.«
»Das ist … aber setz dich erst zu mir auf den Diwan, da

redet es sich besser. Das ist also ein Kerlchen, das ich aus Amsterdam geholt habe und das ich im Eingang der Laurenskirche einer älteren Frau mitgegeben habe. Die Frau hat den Kleinen bei ihrer unverheirateten Tochter untergebracht und er ist immer bei dieser Tochter geblieben. Er glaubt sogar, sie wäre seine Mutter. Die ältere Frau habe ich gestern Abend zum ersten Mal seit dem Krieg wiedergetroffen und ich glaube, dass wir uns im selben Moment erkannt haben, auch wenn wir es beide nicht gezeigt haben. Es war deine Oma Aafje. Zum ersten Mal seit neun Jahren hat mich jemand mit meinem Decknamen angesprochen. Es war dämmrig im Eingang der Laurenskirche, wo ich ihr im März 1943 den kleinen Duarte Rodrigues anvertraute. Deshalb habe ich sie nicht genau gesehen und sie war so schnell verschwunden, dass ich ihr den Brief, den ich von den Eltern des kleinen Jungen für ihn mitbekommen hatte, nicht geben konnte. Auch die Geige, die für ihn bestimmt war, falls seine Eltern nicht zurückkommen würden, musste ich mit nach Hause nehmen. Ich habe den Brief und die Geige immer aufgehoben, vielleicht würde ich den kleinen Jungen ja irgendwann finden. Wie sehr habe ich gehofft, dass ich die kostbare Geige nach dem Krieg Diego und Raquel Duarte Rodrigues-da Rosa wiedergeben könnte, den Eltern des Kleinen. Leider sind sie nicht zurückgekommen aus dem Konzentrationslager. Nachdem ich das Kind aus Amsterdam geholt hatte, sind die Eltern in Venhuizen untergetaucht. Sie sind von einem Nachbarn in dem Moment verraten worden, als sie in ihrer Dachkammer die Schabbatkerzen anzündeten, um den Schabbat zu feiern. Mögen die Eltern von Daniel Duarte Rodrigues in Frieden ruhen.«

Ich möchte Maarten sagen, dass dieser Name auch in das Babyjäckchen gestickt ist, das ich gestern Abend gesehen habe, und dass er mir sagen will, ich sei dieser Junge auf dem Bild. Aber meine Kehle fühlt sich an, als würde sie mir von einer Riesenhand zugedrückt.

Maarten schaut mich an. Er kneift die Augen ein bisschen zu. »Das ist es«, flüstert er. »Unbewusst habe ich damals im Bus gewusst, dass ich dich schon mal getroffen habe, also …« Er schlägt plötzlich die Hand vor den Mund. »Gott, was rede ich viel. Nun du, Laurens. Ich glaube, du hast schon längst verstanden, was ich dir sagen wollte. Es ist schwer, aber versuch es einfach.«

»Ich bin Laurens Beemsterboer«, sage ich laut. »Und der will ich bleiben. Nie …«

»Natürlich bist du Laurens Beemsterboer, aber fast zwei Jahre deines Lebens hast du Daniel Duarte Rodrigues geheißen, und es ist gut, das zu wissen.« Maarten zieht mich an sich. Mein Kopf liegt an seiner Schlafanzugjacke. Unter meinem Ohr höre ich sein Herz und ich spüre, dass ich ruhiger werde.

»Mein lieber Feuerturm.« Ich fühle seine Hand auf meinem Kopf. »Dein Vater hatte auch rote Haare. Ich habe ihn nur einmal in meinem Leben getroffen. Als ich dich abholte um dich in unser sicheres Alkmaar zu bringen. Er …«

Ich springe vom Diwan. »Also doch!«, höre ich mich rufen. »Jetzt weiß ich es, mein Vater hat auch rote Haare gehabt. Ich hab's mir gedacht!«

Maarten zieht mich wieder auf den Diwan und wieder liegt mein Kopf an seiner Brust.

»Wein ruhig«, flüstert er. »Du hast genug Gründe dafür. Aber versuch auch mal was anderes.«
»Was denn?«
»Sag mal ganz leise deinen Namen von damals, als du noch ein kleiner Junge warst. Ich helfe dir dabei.«
»Laurens Beemsterboer und meine Mutter heißt Klaartje Beemsterboer«, sage ich so laut ich kann.
»Komm mal mit«, sagt Maarten.
Wir stehen vor der Zeichnung, die mich darstellen soll. Maarten nimmt den eingerahmten Jungen von der Wand. Er dreht das Bild um, mit dem Gesicht auf dem Tisch. »Gib mir mal diesen Pfeifenkratzer.« Er deutet auf die Pfeifen auf dem Beistelltisch.
Ich tue, was er verlangt, oder eigentlich ist es ein Befehl, so gebieterisch klingt seine Stimme. Mit einer Art Messerchen biegt Maarten die kleinen Nägel hoch, mit denen der Karton hinter der Zeichnung festgehalten wird. Er nimmt den Karton weg und ich sehe einen vergilbten Umschlag.
»Nimm ruhig«, sagt Maarten. »Der Brief ist für dich.«
Bevor ich weiß, was passiert, halte ich den Umschlag in der Hand. *An Daniel Duarte Rodrigues* steht darauf.
»Du brauchst ihn nicht aufzumachen«, sagt Maarten. »Das habe ich schon getan. Ich habe ihn gelesen, nimm's mir nicht übel. Ich musste es tun um zu wissen, was drinsteht. Ich musste wissen, wie gefährlich der Brief für mich werden könnte, wenn die Polizei eine Razzia machen würde. Ich fand es sehr vernünftig, den Brief hinter deinem Bild zu verstecken.«
Wie lange es dauert, bevor ich den Brief aus dem Umschlag zu holen wage, weiß ich nicht.

»Nimm ihn nur«, höre ich Maarten sagen. »Mach nur. Es ist so ein lieber, tapferer Brief.«
Im Zimmer ist außer dem Ticken der Uhr nichts zu hören, als ich endlich den Mut finde, den Brief aus dem Umschlag zu ziehen.
»Lies«, sagt Maarten. »Ich höre zu.«

»Amsterdam, 14. Januar 1943«, lese ich. Und dann:
»Lieber kleiner Schatz,
dies wird der schwerste Brief, den ich je in meinem Leben geschrieben habe, denn in anderthalb Stunden müssen wir Abschied nehmen. Dann werden wir dich jemandem mitgeben, den wir nicht kennen. Ich habe keine Worte um zu beschreiben, was ich jetzt fühle. Angst? Niedergeschlagenheit? Ich weiß es nicht. In mir ist ein großer Kummer und ich muss immer an den Moment denken, als du geboren wurdest. ›Ein Junge!‹, rief dein Vater, aber das wusste ich schon. Ich hatte ein lauwarmes Pipi auf meinem Bein gefühlt, ein paar Sekunden nachdem du geboren warst, und Mädchen pinkeln nicht in so einem schönen Bogen, wie du es getan hast. Wie glücklich waren wir mit dir und was haben wir dich herumgetragen, als du wieder einmal einen deiner berühmten Krämpfe hattest. Wir konnten dich nur beruhigen, wenn wir dir ein Schlaflied gesungen haben: Schlaf, Kindchen, schlaf – *Durme durme hermozo hjigo.*
Es tut mir weh, dass ich heute Abend unser geliebtes Schlaflied nicht mehr für dich singen kann. Soll ich die Worte und die Melodie von *Durme durme* dem unbekannten Mann aus dem Untergrund mitgeben, der dich abholt? Nein, ich tue es nicht. Die Einzigen, die dieses Lied so voller Liebe

für dich singen können, sind dein Vater und deine Mutter. Und wenn wir einmal das große Glück haben werden, wieder zusammenzukommen, werden wir den ganzen Tag Schlaflieder singen. Nun, da ich dies schreibe, begreife ich auf einmal, dass du dann vielleicht schon viel zu groß für solche Lieder sein wirst. Ich erschrecke. Das darf nicht geschehen, denn das würde bedeuten, dass dieser Krieg noch sehr lange dauern würde, und das wollen wir nicht, was, kleiner Daniel? Tausend Gedanken schießen mir durch den Kopf. Denken die Menschen, in deren Haus du kommst, auch daran, dir jeden Abend Lebertran zu geben? Wollen sie vielleicht, dass du Papa und Mama zu ihnen sagst? Mein Liebling, es schnürt mir die Kehle zu. Meine Hände zittern, aber ich muss weiterschreiben. Eine Viertelstunde ist bereits vorbei. Gleich werden dein Vater und ich uns ans Fenster stellen. Du erwartest natürlich von uns, dass wir dir nachwinken, aber wie schwer wird das sein. Du wirst um die Ecke der Euterpestraat und der Beethovenstraat verschwinden und wir werden allein sein, jeder mit seinem eigenen Kummer um dich, den wir fast zwei Jahre haben pflegen dürfen, trösten und versorgen. Wenn wir gewusst hätten, was uns bevorstand, hätten wir nie den Mut gehabt, ein so zartes, wunderbares Kindchen in die Welt zu setzen. Sei uns nicht böse. Wir haben dich so sehr gewünscht.
In diesem Augenblick können wir nicht wissen, ob wir uns je wiedersehen. Alles ist so unsicher, jeden Tag werden Menschen von den Deutschen und niederländischen Polizisten aus ihren Wohnungen geholt, nur weil wir Juden sind, nicht weil wir etwas Böses getan haben.
Wir wissen nicht, wohin du gehst. Es ist sicherer so. Wo

wir hingehen, weiß ich auch nicht. Wir bleiben jedenfalls nicht hier in unserer Wohnung und warten, bis sie uns abholen. Eines musst du wissen, mein Schatz: Glaub ja nicht, dass wir dich einfach weggegeben haben wie ein paar alte Schuhe oder einen alten Mantel. Wir lieben unseren Sohn Daniel so sehr. Vielleicht ist die Tatsache, dass wir dich gleich jemandem mitgeben, der Beweis unserer tiefen Liebe zu dir. So ein schönes, junges Leben darf nicht verloren gehen. Dein Papa ist oben und packt dein rotes Köfferchen. Ich habe ihn gebeten, ein Foto von uns dreien hineinzulegen. Dann kannst du später immer sehen, wer Raquel Duarte Rodrigues-da Rosa und Diego Duarte Rodrigues waren. Um dir zu erklären, wie wir, die Juden von Amsterdam, an diesen prächtigen spanisch-portugiesischen Namen gekommen sind, gebe ich dem Untergrundmann ein rotes Büchlein mit. Es wurde von deinem Großvater Miguel Duarte Rodrigues geschrieben.

Geliebter Liebling, ich kann nicht weiterschreiben. Es tut mir zu weh. Mit Gottes Hilfe werden wir uns wiedersehen. Und wenn dieser Wunsch nicht in Erfüllung geht, dann kann ich dir nichts anderes mehr sagen, als dass deine Eltern aus ganzem Herzen hoffen, dass du zu einem glücklichen, gesunden und ehrlichen Menschen heranwächst. Glaub mir, es gibt so viele wertvolle Menschen in dieser Welt. Irgendwie spüre ich, dass du diese Menschen treffen wirst. In Gedanken bedecke ich deinen kleinen Körper mit meinen Küssen. In einer halben Stunde werden wir dich aus deinem Bettchen nehmen. Du wirst deine schönsten Kleider anziehen. Wir werden sorgfältig deine roten Haare bürsten und dich zum Lachen bringen, indem wir dir

sanft auf dein Bäuchlein blasen. Wir werden uns große Mühe geben, dich nichts von unserer tiefen Traurigkeit spüren zu lassen, die viel zu groß für uns ist. Gleich musst du eine unbekannte Reise beginnen, ohne diejenigen, die dich so lieben. Dauernd gehen mir Lieder durch den Kopf, die ich so oft im Radio gehört habe. Sie handeln alle vom Abschiednehmen. Die Bedeutung dieser Lieder habe ich nie so verstanden wie in diesem Augenblick. Gleich wird es dreimal klingeln. Das haben wir mit jemand aus dem Untergrund als Zeichen ausgemacht. Ich mache die Tür nicht auf. Sollen sie doch klingeln. Sie bekommen dich nicht. Du bist unser Kind, unser Daniel …
›Gerade deshalb‹, sagt eine Stimme in mir. ›Gerade deshalb musst du ihn hergeben. Es ist die einzige Art, ihn zu retten.‹
Nun leb wohl, ich grüße dich – Warum hört dieses Lied nicht auf? Ich mag es nicht mehr hören.
Wir haben dich lieb, kleiner Daniel. Es ist Zeit, höchste Zeit, diesen Brief zu beenden.
Ich grüße dich aus der Tiefe meiner Seele. Wir hatten fast vierundzwanzig goldene Monate mit dir. Wir wollen hoffen und beten, dass noch viele Monate folgen.
Wir umarmen dich, wir bedecken dich mit unseren Küssen. Auf Wiedersehen, du kleines Menschlein, wir werden dich immer lieben.

Deine Eltern Diego Duarte Rodrigues
und Raquel Duarte Rodrigues-da Rosa

PS: Ich bin auf Zehenspitzen in dein Zimmer geschlichen.

Dein Papa saß neben dem Bett und tat nichts anderes, als dein schlafendes Gesicht zu betrachten, so lieb. Als er mich sah, stand er leise auf und flüsterte, dass er demjenigen, der dich holen kommt, auch seine Geige mitgeben will. Später ist dieses Familienerbstück für dich. Er hat auch das Foto und das rote Büchlein in den Geigenkasten gepackt.
Jetzt muss ich wieder hinauf, diesmal um dich aufzuwecken, leider. Es bleibt uns nur so wenig Zeit.

Auf Wiedersehen, Liebling, ich liebe dich so unendlich.
Mehr als eine Million Küsse von deiner Mama.«

Maarten legt vorsichtig ein rotes, in Samt gebundenes Buch auf meinen Schoß. Und ein Foto von zwei lachenden Menschen mit einem lachenden kleinen Kind.

KAPITEL 15

Ich bin nicht ich

Es fällt mir schwer, mich daran zu gewöhnen, dass ich ein anderer bin. Am liebsten würde ich alles, was ich gehört habe, vergessen. Hätte Maarten Oma Aafje doch nicht eingeladen. Dann wäre ich jetzt noch immer einfach Laurens Beemsterboer und nicht ein Junge mit einem seltsamen ausländischen Namen. Dann würde ich noch immer glauben, meine Mutter und meine Oma hätten den Deutschen geholfen.

Was mir gefällt, ist, dass ich endlich etwas über meinen Vater erfahren habe. Endlich ... endlich weiß ich genau, dass er auch rote Haare hatte.

»Guten Tag, Daniel Duarte Rodrigues«, flüstere ich mir manchmal zu, wenn ich weiß, dass mich niemand hören kann. Aber dann ist es, als würde ich zu einer unsichtbaren Person sprechen, die Daniel Duarte und noch was heißt.

Ich bin an jenem Sonntagvormittag noch lange bei Maarten geblieben. Wie lange, weiß ich nicht mehr genau. Ich hatte den Umschlag von Raquel Duarte Rodrigues noch in der Hand, als meine Mutter plötzlich in Zimmer 17 stand. Ich hatte gar nicht gemerkt, dass sie hereingekommen war.

Ich traute mich nicht, sie anzuschauen, solche Angst hatte ich, dass sie diesen seltsamen Namen nennen würde.

»Hallo, Laurens«, sagte sie. »Kommst du mit nach Hause?«

Willst du mich noch?, wollte ich fragen. Ich tat es nicht. Statt etwas zu fragen, musste ich schrecklich lachen.

»Hör auf, Laurens!«, schrie sie mich an. »Hör auf mit diesem hysterischen Lachen. Es ist schon das zweite Mal, dass du dich so anstellst. Aufhören, sage ich. Hörst du mich nicht?«

»Ich ... ich kann nicht aufhören.«

»Was ist los? Hör sofort auf.«

Maarten gab mir ein bisschen Wasser zu trinken.

»Ich ... ich habe doch gedacht, dass du ... und Oma Aafje und Opa Frederik ... den Deutschen geholfen haben«, brachte ich mit Mühe heraus. »Und dass mein Vater gefallen ist, als er mit den Deutschen kämpfte. Und jetzt ist es gerade andersherum. Alles ist andersherum. Ich bin nicht ich und du bist auch jemand anderes. Und ...« Ich stellte mich vor Maarten. »Du bist aber doch wirklich Maarten Schilder?«

»Ehrenwort.« Maarten spuckte auf zwei Finger seiner rechten Hand und hob sie hoch. »Ich schwöre es. Ich bin wirklich Maarten Schilder, Deckname Job Hendriks, und ich bin froh, dass ich nun weiß, was mich an dir angezogen hat, Daniel Duarte Rodrigues. Alle anderen Jungen, die ich gebeten habe mitzukommen und mit mir Geige zu spielen, waren schnell wieder verschwunden. Was sollten sie mit so einem seltsamen alten Mann auch anfangen? Aber du, Daniel Duarte Rodrigues ...«

Ich blinzelte, aber diesmal sagte ich nicht, dass ich Laurens Beemsterboer war.

»Ist das aus dem Brief?« Ich deutete auf das kleine Buch, das noch immer auf meinem Schoß lag.
Maarten nickte. »Dein Großvater hat es geschrieben. Es hat mit deinen Vorfahren zu tun. Was sie mitgemacht haben und wie sie in die Niederlande gekommen sind.«
Ich schaute meine Mutter an. Sie hob die Schultern. »Ich weiß von nichts«, sagte sie.
»Willst du es jetzt lesen oder lieber dann, wenn du allein bist?«, fragte Maarten. »Ich würde es dir auch vorlesen, wenn du das möchtest.«
»Soll ich weggehen?« Meine Mutter wollte aufstehen, aber ich hielt sie zurück.
»Nicht weggehen«, sagte ich. »Ich komme mit und ich lese das Buch im Bett. Oma Aafje ist ganz allein zu Hause.«
»Sie ist nicht allein«, beruhigte mich meine Mutter. »Benjamin ist bei ihr. Er ist sofort gekommen, als sie ihn angerufen hat, um ihm zu erzählen, was gestern Abend passiert ist.«
»Geh nur«, flüsterte Maarten. »Geh zu deiner Oma. Und nimm das Buch mit. Später möchte ich noch einmal mit dir spazieren gehen, am liebsten durch die Langestraat. Dann möchte ich dir alles über die Juden erzählen, die in dieser Straße gewohnt haben und wie sie zur Alkmaarer Gemeinschaft gehört haben. Ich möchte dir erzählen, was vor zwölf Jahren mit ihnen passiert ist. Ich ...«
»Das will ich nicht«, sagte ich. »Ich weiß schon alles von meinem Lehrer, Herrn Davidson, und du würdest mir doch

nur noch mehr erzählen von der Geschichte der Stadt und von den Menschen, die Beulenpest hatten und im Heilig-Geist-Haus waren. Ich will nichts mehr von Juden hören. Und du kannst so viele Jahreszahlen sagen, wie du willst.«
»Tu's doch«, sagte Opa Frederik. »Geh noch einmal mit Maarten mit.«
Ich hielt mir die Ohren zu, aber es nützte nichts. Er sprach weiter zu mir.
»Tu's doch«, sagte er wieder. »Du musst wissen, was mit den Menschen passiert ist, zu denen du nun gehörst. Später, wenn du Vater bist, musst du es deinen Kindern und deinen Enkeln erzählen können.«
»Ich will keine Kinder«, rief ich. »Und auch keine Enkel und auch keine Frau, Opa Frederik.«
»Lieber Himmel, ist der Junge durcheinander.« Meine Mutter starrte mich mit großen, erschrockenen Augen an. »Er glaubt, dass sein Opa mit ihm spricht.«
»Laurens, hallo, schau mich an und hör zu.«
Maarten versuchte, meine Aufmerksamkeit auf sich zu lenken. »Ich war es, der von Kindern und Enkeln gesprochen hat. Es war nicht dein Opa. Ich glaube, dass es gut für dich ist, jetzt alles zu erfahren. Keine Geheimnisse und keine Rätsel mehr. Das ist nicht gut für einen Menschen.«
»Ich möchte weg.« Ich wagte nicht, Maarten anzuschauen.
»Geh nur«, sagte Maarten. »Du wirst auch wieder in die Schule gehen müssen. Morgen ist Montag.«
»Ich werde in der Schule anrufen und sagen, dass du einen Tag zu Hause bleibst, weil du ein bisschen krank

bist«, sagte meine Mutter. »Eine kleine Notlüge, nicht wahr?«
»Du lügst nicht«, fauchte ich. »Ich bin wirklich krank.«
Maarten brachte uns zur Haustür. Der Tagesportier winkte mir zu. »Auf Wiedersehen, Laurens, du hältst es ja noch immer aus mit Herrn Schilder und er mit dir. Das wundert mich jedes Mal, wenn ich dich hereinkommen sehe.«
»Er ist mein allerbester Freund«, sagte Maarten. »Meine Tür und mein Herz stehen ihm Tag und Nacht offen.«
Er nahm meinen Kopf zwischen beide Hände. »Schau mich mal an«, flüsterte er. »Das weißt du doch, das mit der offenen Tür?«
Ich versuchte zu nicken, aber es gelang mir nicht. Er hielt mich zu fest.
»Ich weiß es«, sagte ich, »das von deiner Tür und deinem Herzen. Ich bin heute Morgen doch auch sehr früh gekommen, oder?«
»Dann ist es ja gut.« Er drehte sich plötzlich um, und ohne etwas zu sagen, ohne sich zu verabschieden, verschwand er im Aufzug.

Benjamin stand vor der offenen Haustür, als Klaartje und ich von Maarten zurückkamen. »So, Junge, bist du wieder da?« Er gab mir einen Klaps auf die Schulter. »Du hast letzte Nacht viel mitgemacht. Deine Großmutter hat mir alles erzählt.« Wieder gab er mir einen Klaps.
»Au!«, rief ich.
»Wo tut es weh?« Benjamin legte mir die Hand auf die Schulter. »Tut es da weh?«
»Nein, überall«, schnauzte ich ihn an.

»Guten Tag, lieber Enkel.« Plötzlich stand Oma Aafje neben mir.
Ich gab ihr keine Antwort. Sie sollte ja nicht glauben, ich hätte nicht verstanden, wie betont sie mich Enkel nannte, nur um mir zu zeigen, dass sich für sie nichts verändert hatte.

KAPITEL 16

Ferdinand und Isabella

Von diesem Sonntag weiß ich sonst nicht mehr viel. Ich weiß noch, dass ich hinaufging um den Brief und das Foto von den lachenden Menschen in mein Zimmer zu bringen. Ich legte sie in die oberste Schublade meines Schreibtischs, zusammen mit dem Brief von Raquel Duarte Rodrigues und dem Buch von Miguel Duarte Rodrigues.
An einem warmen Abend beschließe ich endlich, das Buch zu lesen. Ich lege mich aufs Bett und betrachte lange die erste Seite.

Eine wahre Geschichte, aufgeschrieben von Miguel Duarte Rodrigues im Jahr 1935, anlässlich des 260-jährigen Bestehens unserer Esnoga[1]*. Für alle Kinder der portugiesischen israelitischen Gemeinde von Amsterdam.*

Vor langer Zeit lebten in Spanien ein König und eine Königin. Der König hieß Ferdinand und die Königin Isabella. Sie waren strenggläubige Katholiken und die Königin

[1] *Esnoga* ist eine Kombination des portugiesischen Wortes *senoga* und des spanischen Wortes *sinagoga*. Beide Wörter bedeuten Synagoge, die Bezeichnung für das jüdische Gebetshaus.

Isabella traf sich fast täglich mit ihren Kardinälen, wichtige Priester, die sie im Thronsaal empfing. Die Königin gewährte Audienzen, denn so hießen diese Besuche der Priester bei Isabella. Der große Wunsch der Kardinäle war, dass eines Tages im ganzen Land nur Katholiken leben sollten. Alle Untertanen sollten nur einen Glauben haben, den wahren Glauben. Neben Katholiken lebten im Land von Isabella und Ferdinand Menschen anderen Glaubens, wie die Mauren, die in Moscheen beteten, und Juden, so wie wir, die zur Esnoga gingen.

Eines Tages, eines schlimmen Tages, sagte Königin Isabella zu König Ferdinand, was ihr die Kardinäle eingeredet hatten: »Lieber Ferdinand, es wäre doch schön, wenn Spanien nur noch von Menschen wie wir bewohnt wäre. Warum müssen wir den Juden, die an der Pest schuld sind, Gastfreundschaft schenken? Warum müssen wir zulassen, dass sie in jedem Frühjahr katholische Kinder schlachten, weil sie ihr Blut für ihre *Fiesta de pan cenceno*[2] brauchen?«

Ferdinand nickte. »Wir müssen etwas daran ändern, liebe Isabella«, sagte er nachdenklich. »Wir werden ein Gesetz machen, in dem steht, dass unsere Untertanen alle katholisch werden müssen. Und diejenigen, die sich nicht an dieses Gesetz halten, werden wir aus dem Land jagen.«

Und so geschah es. Es war der 30. März 1492, als der Befehl erging, dass alle Juden sich innerhalb von drei Monaten bekehren und sich taufen lassen müssten. Viele Juden weigerten sich, dem Befehl des Königs und der Königin zu

[2] *Fiesta de pan cenceno* ist Spanisch und bedeutet »Fest des ungesäuerten Brots«, das jüdische Pessachfest. An diesem Fest essen Juden nur ungesäuertes Brot.

folgen. Sie waren als Juden geboren und wollten als Juden sterben. Sie flüchteten in andere Länder. Die meisten in das Nachbarland Portugal, von wo sie vier Jahre später verjagt wurden.

Es gab auch Juden, die den Befehl Ferdinands und Isabellas befolgten, weil sie in dem Land bleiben wollten, in dem ihre Vorfahren seit Jahrhunderten gelebt hatten. Sie legten ihre jüdischen Namen ab, wie man einen alten Mantel ablegt, und nahmen nichtjüdische Namen an. Nach einer Weile vergaßen ihre Kinder, dass sie jemals Juden gewesen waren, und ihre Enkel brauchten nichts zu vergessen, denn die kannten nichts anderes, als dass sie Kinder der Heiligen Mutter Kirche waren.

Es gab auch Juden, die taten nur so, als wären sie katholisch geworden. Sie ließen sich taufen und gingen jeden Tag in die katholische Kirche. Sie beteten dieselben Gebete wie die Katholiken. Wenn niemand sie sehen oder hören konnte, sagten sie heimlich ihre jüdischen Gebete und feierten ihre jüdischen Feiertage. Sie nahmen die Mesusa[3] vom Haustürpfosten, sodass alle denken sollten, sie wären richtige Christen geworden. Vor der Außenwelt feierten sie das katholische Ostern und im Geheimen ihr jüdisches Pessachfest. Sie feierten Schabbat und genau, wie es heute noch gemacht wird, steckte die Frau des Hauses am Vorabend zwei Kerzen an um den Schabbat willkommen zu

[3] Eine Mesusa ist ein kleiner Köcher aus Silber oder Holz, in dem ein Stück Pergament versteckt ist. Auf diesem Pergament stehen Texte aus dem Alten Testament, auf Hebräisch. Dieser Köcher wird am rechten Pfosten der Haustür und in allen Zimmern des Hauses befestigt, mit Ausnahme der Toilette und des Badezimmers.

heißen. Niemand durfte wissen, dass die *Conversos*, so war die vornehme Bezeichnung für die so genannten Katholiken, ihre eigenen Feste feierten. Weder die Nachbarn noch der Hufschmied, auch nicht der Schlächter und der Glockenläuter, denn die könnten ihren Priestern weitersagen, dass sie geheime Juden entdeckt hatten. Der Priester würde dann zum Kardinal gehen und der würde es dem König und der Königin erzählen. Diese hatten entschieden, dass geheime Juden bei lebendigem Leib verbrannt werden sollten. Überall liefen Vertreter des Kardinals, die Inquisitoren, herum, die genau wussten, welche Menschen Conversos waren. So versuchten die Verräter zum Beispiel, bei Conversos ins Haus zu kommen um zu sehen, ob freitagabends die Kerzen brannten, denn dann war es sicher, dass die Bewohner Juden waren. Aber dafür hatten unsere Vorfahren eine Lösung gefunden. Sie schlugen ein Loch in die Steinwände des Esszimmers und stellten ihre Kerzen hinein, hinter geschlossenen Metalltüren. In den Türen waren winzige Löcher, denn sonst hätten die Kerzen nicht genug Sauerstoff bekommen und hätten nicht brennen können.

So konnten sie am Freitagabend den Schabbat beginnen, so wie ihre Vorfahren es jahrhundertelang getan hatten.

Es geschahen schreckliche Dinge, wenn die Inquisitoren entdeckten, dass die Conversos etwas taten, das bewies, dass sie nur nach außen so taten, als wären sie Katholiken und in Wirklichkeit dennoch Juden geblieben waren. Dann drangen die Inquisitoren ins Haus und nahmen jeden Anwesenden fest. Die Menschen wurden aus dem Haus gezerrt und ins Gefängnis gesperrt. Sie wurden auf eine besondere Art gefoltert, die sich der Mönch Tomás de Torquemada ausgedacht hatte. Sie wurden geschlagen und als *Marranos* beschimpft, was Schweine bedeutet. Und als wäre das noch nicht genug gewesen, gaben Ferdinand und Isabella den Befehl, die Scheinchristen auf den Scheiterhaufen zu werfen, wo sie unter schrecklichen Qualen starben. Erst mussten die Ärmsten in aller Öffentlichkeit ein *Autodafé* durchstehen, eine öffentliche Verkündigung des Urteils, wobei sie gezwungen wurden zu erklären, dass sie trotz der Taufe keine wirklichen Christen geworden, sondern Juden geblieben waren. Dann mussten sie ein *sanbenito* anziehen, ein gelbes ärmelloses Büßergewand, wonach sie unter dem lauten Johlen und Schreien des anwesenden Publikums zum Scheiterhaufen geführt wurden. Das Publikum genoss das Knistern der Zweige und die orangene Glut der hoch auflodernden Flammen. Das Schreien der Menschen, die ihrem Tod entgegengingen, wurde übertönt durch das laute Gebrüll aus den Reihen der Zuschauer.

»Tod den Marranos … Tod dem Judenpack … Schweine sind sie …«

Isabella und Ferdinand waren bei den Verbrennungen oft anwesend und sie schämten sich nicht für ihre Grausamkeiten. Im Gegenteil, sie steckten oft höchstpersönlich die Scheiterhaufen in Brand und sie verhehlten auch nicht, dass sie es mit Vergnügen taten.

Die Conversos hofften, dass alles Elend nach ein paar Jahren vorbei sein würde. Irgendwann würden der König und die Königin sterben, wie andere Menschen auch, und dann würden sie wieder als freie Juden leben können. Dann würden die geflohenen Juden zurückkommen in ihr Land

und die Scheinjuden würden wieder öffentlich zu ihrem Glauben stehen können.
Leider geschah das nicht. Als der König und die Königin gestorben waren, blieb das Gesetz, das Ferdinand und Isabella unterzeichnet hatten, in Kraft und die Verfolgung ging weiter. Auch für unsere Vorfahren, die 1492 aus Spanien nach Portugal geflohen waren, wo sie sich sicher wähnten. Zuerst stimmte das auch, aber die Sicherheit dauerte nur bis 1496. Da gab Ferdinand seine Tochter Isabella dem Prinzen Manuel von Portugal zur Frau. Isabella durfte erst heiraten, als Manuel Ferdinand versprochen hatte, alle Juden aus Portugal zu vertreiben, und dieser böse Mensch tat das auch.
Unsere Vorfahren flohen aus Portugal in alle Himmelsrichtungen, vor allem in die Länder rings ums Mittelmeer, aber auch in die Republik der Vereinigten Niederlande, wie die Niederlande damals hießen. Ihre schönen Namen, die wie Musikstücke klingen, reisten mit ihnen. Wir kennen sie auch: Milhado, Mendes da Costa, Robles de Medina, Pinedo, Lopes de Fonseca, Sealtiel, da Rosa, Duarte Rodrigues und so weiter. Ich könnte noch viel mehr über unsere Vorfahren und unsere prachtvollen Namen erzählen, aber unsere Gemeindevorsteher haben mich gebeten, ein dünnes Büchlein zu schreiben.
Wenn du mehr erfahren willst, dann gehe zur Bibliothek ETS HAJIM[4] in unserer *Snoge*[5]. Dort liegt ein besonderes

[4] ETS HAJIM ist Hebräisch und wird Ez Chajim ausgesprochen, das »h« wie in »noch«. Es bedeutet: Baum des Lebens.
[5] *Snoge* ist die Abkürzung von Esnoga.

Buch mit Briefen von Mirjam Sarphati, die einst gezwungen wurde, den katholischen Namen Maria Mattea da Marquez anzunehmen. Sie ist eine Ur-Ur-Ur-Großmutter der Familie Duarte Rodrigues, sie kam 1597 nach Amsterdam, wo sie zuerst in der Familie Derksz Aufnahme fand, später bei der Familie van Houwelinghe aus Alkmaar. Wenn ich mehr über Mirjam Sarphati alias Maria Mattea da Marquez schreiben würde, würde dies ein dickes Buch, und das geht nicht, wie ich bereits erklärt habe.
Zum Schluss noch ein inniger Wunsch. Möge der Allerhöchste unsere Gemeinde beschützen. Seien wir dankbar, dass wir in einem Land leben dürfen, in dem wir frei sind, in dem Ruhe und Frieden herrschen, sodass uns nie so etwas geschieht wie unseren Vorfahren.

KAPITEL 17

Die Langestraat

Maarten bleibt vor einem Haus in der Langestraat stehen. »Hier, Laurens.« Er deutet auf das Schild. »Nummer 37. Hier lebte die Familie Drukker. Und dort, im Haus Nummer 37a, Jacob Elzas. Und dort, etwas zurückgesetzt, im Haus 34a, die Witwe Vet. In der Nummer 88b auf der anderen Straßenseite die Witwe Koppel. Und da ... Simon und Martha de Jong mit ihrem Töchterchen Rebecca. Ich ...«

»Sind sie tot?« Eigentlich brauche ich das nicht zu fragen, Maarten sieht so traurig aus.

»Genau wie bei der Inquisition«, flüstert er, mehr für sich selbst als für mich. »Genauso. Es ist kein Unterschied, Isabella und Ferdinand im März 1492 oder Adolf Hitler im März 1942. Sogar die Ziffern der Jahreszahl sind gleich. Du hast doch inzwischen das Büchlein von Miguel Duarte Rodrigues gelesen?«

Ich versuche ihn abzulenken. »Wir sollten noch zum Heilig-Geist-Haus gehen. Als ich dich kennen gelernt habe, hast du versprochen, dass wir hineingehen um das Geschrei der Menschen zu hören und um den Gestank der Pest zu riechen.«

»Das kannst du in dieser Straße auch, und in der Egmonderstraat und an der Oudegracht«, seufzt Maarten. »Bis 1942 haben überall in unserer Stadt Juden gewohnt, bis sie vertrieben wurden. Sie bekamen einen Brief von der Polizei, in dem stand, dass sie am 5. März ihre Wohnungen verlassen mussten um nach Amsterdam umzuziehen. Deshalb habe ich das gesagt, mit Ferdinand und Isabella und Adolf Hitler. Wir haben nur sehr wenige Menschen wiedergesehen, und wenn du offen bist dafür, hörst du noch den Lärm der modernen Inquisition. Dann riechst du den Gestank von Mord und Verrat.«

Als Maarten das gesagt hat, bleibt es lange still zwischen uns. Er scheint zu träumen oder Dinge zu sehen, die ich nicht sehen kann, oder Geräusche zu hören, die ich nicht hören kann. Es ist schon lange her, dass ich nicht mehr wusste, was ich zu Maarten sagen sollte. Ich fühle mich wie beim ersten Mal in Haus Morgentau, als meine Mutter zu spät kam. In Maartens Zimmer stand aber wenigstens eine Uhr, zu der ich etwas fragen konnte, aber jetzt sehe ich auf die Schnelle nichts Besonderes, womit ich seine Aufmerksamkeit fesseln könnte.

»Weißt du noch, was auf der Waage steht?« Zum Glück schaut er mich jetzt wieder an. Doch ich verstehe nicht, woher diese plötzliche Frage kommt.

»Ja, ich weiß es noch«, sage ich erleichtert.

»VIVE MEMOR LETHI ...«, fängt Maarten an.

»FUGIT HORA«, beende ich den Satz.

»Du bist ein guter Schüler«, sagt Maarten lachend. »Gedenke des Sterbens, die Uhren gehen schnell. Weißt du es noch?«

»Du stirbst noch lange nicht, Maarten«, sage ich lachend. »Noch sehr lange nicht.«

»Das habe ich auch nicht vor, aber meine Pumpe, weißt du, mahnt mich ab und zu. Jedenfalls hat mein alter Motor etwas damit zu tun, dass ich dir schnell zeigen will, was mit den jüdischen Alkmaarern passiert ist. Du gehörst jetzt doch dazu, auch wenn ich dich in Amsterdam aufgefischt habe und du nicht hier geboren bist.«

Stimmt nicht, möchte ich sagen, aber ich kann es gerade noch für mich behalten. Einen Moment lang hatte ich nicht an den Brief von Raquel Duarte Rodrigues gedacht, auch nicht an das Büchlein, das ein gewisser Miguel, mein angeblicher Großvater, geschrieben hat.

»Ich möchte dir zeigen, wo sie gewohnt haben. Das ist jetzt wichtiger als das Heilig-Geist-Haus. Hör zu, hör gut zu.«

Ich bekomme Angst, als Maarten mir seinen Zeigefinger auf die Lippen legt. »Psst, nichts sagen«, flüstert er. »Nur zuhören. Dann hörst du, was ich höre, dann fühlst du, was ich fühle. Zwischen den Häusern dieser Straße hängt Verzweiflung und Elend aus einer Zeit, die über zehn Jahre her ist. Dort laufen Simon und Martha de Jong aus Nummer 42, mit ihrer Tochter Rebecca. Und schau mal, da.« Er starrt zur anderen Straßenseite. »Eva und Louis Frankenberg. Sie waren zehn und sieben Jahre alt, als sie ermordet wurden. Ich habe sie gekannt und ich … Wieso sind sie hier in der Langestraat? Bestimmt gehen sie spazieren. Sie wohnen in der Emmastraat, Nummer 54.«

»Maarten.« Ich berühre ihn, als müsste ich ihm helfen, aus einem bösen Traum aufzuwachen. Ich will weg aus dieser Straße. »Maarten«, versuche ich es noch einmal.

»Einen Moment. Warte noch einen Moment.«
»Maarten, fährst du mit mir nach Amsterdam?«
Ich weiß nicht, warum ich plötzlich diese Frage stelle. Vielleicht, weil ich ihn auf andere Gedanken bringen will.
»Fährst du mit mir nach Amsterdam?«, frage ich zum zweiten Mal. »Dann besuchen wir Oma Aafje und …«
»Nach Amsterdam? Was soll ich dort?«
»Das Buch von Maria Mattea da Marquez«, erkläre ich. »Du weißt doch, das, wovon Miguel Duarte Rodrigues geschrieben hat.«
»Dein Großvater?«
Ich bin überzeugt, Opa Frederik hat gemerkt, dass ich Maarten keine Antwort auf diese Frage gebe, denn da ist er schon wieder. »Gib's zu«, sagt er leise. »Miguel war dein richtiger Großvater. Nenn ihn ruhig Opa.«
»Vielleicht möchte deine Mutter mit dir fahren«, sagt Maarten.
»Nein, du, du bist mein Freund.«
»Ich denke darüber nach«, verspricht er. »Wo müssen wir da hin? Ich weiß es nicht mehr.«
»Zur ETS HAJIM, der Bibliothek der Portugiesischen Synagoge.«

»Meijer, Konservator dieser Bibliothek«, stellt sich ein kleiner, dunkler Mann vor, der sich als Hüter von Tausenden alter Bücher und Schriften erweist. Er gibt Maarten und mir die Hand und bittet uns, an einem kleinen, glänzend polierten Tisch Platz zu nehmen. Maarten und ich sitzen nebeneinander, Herr Meijer uns gegenüber.
»Was kann ich für Sie tun?«

»Wir suchen das Briefebuch einer gewissen Maria Mattea da Marquez«, sage ich. Ich erschrecke über meine eigene Stimme, in dieser Stille klingt sie so laut wie die eines Ausrufers.
»Das muss ein Pseudonym sein. Wie ist ihr jüdischer Name?«
»Mirjam Sarphati«, sage ich, und dann zögernd: »Mein … äh … Großvater hat in einem Buch geschrieben, dass diese Briefe von Maria Mattea hier sind, in Ihrer Bibliothek.«
»Wie heißt dein Großvater?«
»Er hieß Miguel Duarte Rodrigues. Er ist tot.«
Herr Meijer geht zu einem Wandschrank, in dem dicke Bücher stehen. Er holt ein kleines Buch heraus, das ich sofort als das Werk meines Großvaters erkenne. Er hält es hoch.
»Kennst du das? Es ist von 1935. Miguel Duarte Rodrigues hat es geschrieben.«
»Ich besitze es selbst.«
»Dann stelle ich es wieder zurück. Wir müssen sorgfältig mit unseren Büchern umgehen. Sie sind sehr kostbar und unersetzlich, das werden Sie verstehen. Ich bitte Sie daher um äußerste Vorsicht beim Blättern der übersetzten Seiten, die zwischen den Anmerkungen im Buch von Mirjam Sarphati liegen.«
»Selbstverständlich«, sagen Maarten und ich gleichzeitig.
»Dann werde ich jetzt das Gewünschte für Sie holen. Ich weiß genau, dass wir es im Haus haben. Einen Augenblick, bitte.«
Herr Meijer läuft ein Treppchen hoch und verschwindet hinter einem großen Bücherschrank.
Maarten lacht. »Schade, dass wir unsere Handschuhe nicht

mitgenommen haben. Ich traue mich fast nicht, irgendetwas mit bloßen Händen anzufassen.«
»Ich auch nicht«, flüstere ich. »Willst du lieber gehen?«
»Bist du verrückt? Wie kommst du denn darauf? Heute lesen wir zusammen die Briefe von Maria Mattea. Ich glaube, ich bin genauso neugierig darauf wie du.«
»Mirjam Sarphati«, verbessere ich ihn. »Ihr jüdischer Name war Mirjam Sarphati.«
»Das stimmt. Fast hätte ich es vergessen. Du wirst nicht wissen, dass es im Haus deiner Eltern auch viele Bücher gab. Natürlich nicht so viele wie hier, aber trotzdem ...«
»Hat es bei ihnen auch so schön nach alten Büchern gerochen?«
»Noch viel schöner, nach Büchern und nach einem süßen Parfüm.«
Bei Maartens Antwort fiel mir auf einmal der Abend mit Ewout van Houwelinghe ein, als ich den Geschmack süßer Milch spürte und süßes Parfüm roch. Ich glaube langsam, dass diese Gerüche zu meinem früheren Zuhause gehören. Ich habe mal irgendwo gelesen, dass man die Gerüche aus der frühesten Kindheit immer behält, sein ganzes Leben lang.
Herr Meijer unterbricht mich in meinen Gedanken.
»Hier ist es«, sagt er. Er legt ein Buch mit einem rotseidenen Umschlag vor uns auf den Tisch.
»Ich traue Ihnen beiden«, sagt er ernst. »Ich lasse Sie allein mit diesem kostbaren Kleinod. Ich habe noch etwas anderes zu tun. Das würde ich nie wagen, wenn ich Ihnen nicht hundertprozentig vertrauen würde, dass Sie dieses Buch gut und sorgsam behandeln. Das da ...«, er deutet auf

einen großen Fleck auf der Seide, »dieser Wasserfleck ist nie rausgegangen, und wie es kam, dass das Buch vor Hunderten von Jahren nass geworden ist, werden Sie nachlesen können. Ich wünsche Ihnen das Beste. Sie können bis zehn Uhr abends bleiben. So lange arbeite ich noch an einem neuen Katalog.«
Er verschwindet hinter dem Bücherschrank.
»Sollen wir anfangen?«, fragt Maarten. »Wir stören niemanden, wenn wir laut lesen. Abwechselnd. Einverstanden? Erst du.«
»Gut«, sage ich und beginne.
Danach liest Maarten ein Stück.

Maria Mattea nimmt uns mit in eine andere Welt. Wir haben kein Gefühl mehr für Zeit, sehen nicht, dass der Tag in den Abend übergeht. Eine Kerze steht auf dem Tisch. Wir haben nicht gemerkt, dass jemand sie angezündet hat.
Es ist, als sitze Maria Mattea neben uns und erzähle uns von ihrer Flucht aus Portugal. Wir stehen zusammen mit ihr vor der Misericordiakirche, wo wir den Gestank brennender Körper riechen, und wir fühlen die Hitze der auflodernden Flammen.
Maria Mattea tippt mir zart auf die Schulter, um mich wissen zu lassen, dass es Zeit ist, zu gehen … Es ist Herr Meijer.
Ins Gästebuch der Bibliothek ETS HAJIM schreibe ich:

> Liebe Mirjam Sarphati,
> ich danke dir.
> Alles Liebe von Laurens Beemsterboer.

Wir schlafen bei Oma Aafje und Benjamin, der Maarten fragt, ob er ihm Modell stehen wolle. »Sie haben einen schönen Kopf«, sagt er. »Den würde ich gern in Ton modellieren.«
Oma Aafje und ich sitzen Hand in Hand auf dem Diwan und wir sehen, wie Maartens Gesicht langsam aus dem Ton zum Vorschein kommt.
Nun, da Maarten so still vor mir sitzt, fühle ich, wie gern ich ihn habe.
Nach anderthalb Stunden sagt Benjamin: »So, fertig. Was ich wollte, ist mir gelungen.«
Maarten betrachtet sein Porträt von allen Seiten. »Schön«, sagt er, »schön für die Zeit, wenn ich unter dem grünen Rasen verschwunden bin. Es gibt kein Foto von mir. Wenn ich tot bin, darfst du das haben, Laurens.« Er schaut Benjamin an. »Das ist Ihnen doch recht, nicht wahr? Es war doch Ihre Absicht, es mir zu schenken?«
Benjamin lacht. »Ja, klar«, sagt er. »Aber Sie werden es erst noch sehr lange selbst genießen.«

TEIL III

2000

In dem wir zusammen mit Daniel zurückgehen
nach Portugal, dem Geburtsland von Mirjam Sarphati.
Und was geschah in Alkmaar am 10. Mai 1604?

KAPITEL 18

Nacht

Ich träume zurzeit so seltsam. Jede Nacht ist es, als verfolge mich jemand. Ich renne, so schnell ich kann, und meistens entkomme ich dem Verfolger. Wem? Ich weiß es nicht. Ich bin ein Kind und nicht der neunundfünfzigjährige Mann, der ich in Wirklichkeit bin. Ich rieche einen schrecklichen Gestank und dann entdecke ich, dass Maarten brennt – und doch weiß ich im Traum, dass er schon vor Jahren gestorben ist. Er starb tatsächlich, so wie er es vorausgesagt hatte, daran, dass sein Herz so müde war und plötzlich stehen blieb. Es passierte im Schlaf, und wenn ich mir vorstelle, wie allein er in jener Nacht war, werde ich noch immer sehr traurig.

Im Traum steht ein großer Vogel neben mir, mit weit ausgespannten Flügeln. Wenn ich genauer hinschaue, sehe ich, dass es ein Engel ist, der Maarten auslacht, weil er vor Angst und Schmerz schreit.

»Ich komme und rette dich, Maarten«, schreie ich, aber er versteht mich nicht. Ich spreche eine andere Sprache. Spanisch? Portugiesisch? Ich verstehe es selbst nicht. Manchmal stopfe ich ihn in einen roten Koffer, der viel zu klein ist, um ihn zu verbergen, und seine Füße ragen heraus – und wie es möglich ist, dass aus dem Koffer die Musik von Paganini kommt, verstehe ich natürlich überhaupt nicht. Ich träume, dass ich in das Wasser einer tiefen Gracht gestoßen werde, von einer Frau, die ich nicht kenne. Tagsüber verstehe ich auf einmal, dass ich diese Frau auf einem mittelalterlichen Bild in einem Museum gesehen habe, und dass es Maria ist, mit dem Jesuskind auf dem Arm.

Eines Nachts liege ich wieder im Wasser und kriege keine Luft mehr. Verzweifelt versuche ich, mein Briefebuch mit der einen Hand hoch über meinem Kopf zu halten, und ich will auch nicht, dass das hebräische Gebetbuch in meiner anderen Hand nass wird.

Und dann verstehe ich, dass meine Träume etwas mit Mirjam Sarphati alias Maria Mattea da Marquez zu tun haben.

Von diesem Moment an lässt mich der Gedanke an sie nicht mehr los. Deshalb beschließe ich, nach all den Jahren noch einmal zur ETS HAJIM-Bibliothek zu gehen und das Buch von Mirjam Sarphati noch einmal zu lesen.

Beim ersten Mal, als ich mit Maarten dort war, habe ich das alles nicht zu mir durchdringen lassen, weil ich viel zu viel gleichzeitig verarbeiten musste. Jetzt ist die Snoge bekanntes Terrain für mich, denn ich komme oft hierher, zu den feierlichen Gottesdiensten. Langsam fühle ich mich hier ganz zu Hause. Ich habe das Glück, dass David Sealtiel neben mir in der Bank steht. Er ist mein *companheiro de banco* – so nennen wir es auf Portugiesisch – und er ist ganz besonders nett.

Awraham Rosenberg, der gegenwärtige Konservator, emp-

fängt mich herzlich. »Setz dich«, sagt er und deutet auf den Tisch, an dem ich vor so vielen Jahren mit Maarten gesessen habe, und wieder habe ich das Buch von Mirjam Sarphati in den Händen.
Als ich die erste Seite gelesen habe, ist mir, als berühre mich Maria Mattea plötzlich an der Schulter. »Komm«, flüstert sie. »Ich werde dich durch mein Leben begleiten, das deinem so ähnlich ist. Lies meine Briefe an Serafina.«
Und wie beim ersten Mal, als ich mit Maarten in der Bibliothek saß, lese ich ihre Lebensgeschichte ohne eine einzige Unterbrechung.

Mit Zustimmung von Herrn Rosenberg sitze ich einen Monat später ein paar Tage in der Bibliothek und schreibe die übersetzten Seiten ab, damit ich sie zu Hause lesen kann, wenn ich allein bin. Ich könnte auch Fotokopien machen, aber ich möchte Mirjam Sarphatis Geschichte Wort für Wort aus meinem Füllhalter fließen lassen, um mich ihr noch näher zu fühlen.
Noch lieber hätte ich eine Gänsefeder benutzt, wie es üblich war, als Mirjam ihre Briefe an Serafina schrieb.

Nun sitze ich an meinem Schreibtisch. Die Lebensgeschichte von Mirjam Sarphati/Maria Mattea liegt vor mir.
»Hör zu, Maarten«, sage ich zu der Büste, die vor mir steht. »Ich lese dir jetzt die Briefe von Maria Mattea vor und ich sage nichts zu dir, bevor du sie nicht alle angehört hast.«
Es ist, als würde Maarten neben mir lachen. »Dann los, mein Lieber«, sagt er. »Ich werde schweigen wie ein Grab und ich habe unendlich viel Zeit und Geduld. Wenn du alles

vorgelesen hast, will ich als Belohnung für meine Geduld, dass du mir etwas auf der Geige deines Vaters vorspielst.«
»Vermutlich Paganini, oder?«
Er lächelt. »Ja, Paganini, natürlich. Du weißt, dass der Geist deines Vaters noch immer in der Geige lebt?«
»Einverstanden«, sage ich. »Dann fangen wir jetzt an.«

Liebe Serafina, lese ich laut.
Ich sitze in meinem eigenen Zimmer in einem großen Haus an der Oudegracht in Alkmaar. Alkmaar ist ein Ort in der Republik der Vereinigten Niederlande, weit weg von Lissabon.
Wie ich hier gelandet bin, werde ich dir in einem anderen Brief erzählen, denn ich möchte dir viele Briefe schreiben, auch wenn ich weiß, dass es dich nicht wirklich gibt.
Das Haus gehört der Familie van Houwelinghe und ich genieße es, endlich sicher zu sein. Obwohl, sicher ... Es gibt im Haus zwei Dienstmädchen, Maartje und Gerritje, die müssen glauben, dass ich auch katholisch bin, genau wie sie. Zum Glück habe ich rechtzeitig gemerkt, dass ich das Kreuz auf eine andere Art schlage als sie. Es ist die portugiesische Art, in Portugal ganz normal, aber ich möchte nicht, dass sie nur einen Augenblick denken, dass ich nicht daran gewöhnt wäre, mich zu bekreuzigen. Wir können nicht vorsichtig genug sein. Ich habe Angst, dass ich auch in diesem Land bestraft werde, wenn jemand weiß, dass ich eine Conversa bin, die unter ihrer Matratze ganz oben im Haus hebräische Bücher versteckt hat. Juden dürfen hier nicht ohne Erlaubnis des Rats der Stadt leben. Natürlich wissen Herr Aernout und Jungfer Dorothea alles über mich.

Gestern, als wir am Tisch saßen, beugte sich Herr Aernout zu mir um mir etwas ins Ohr zu flüstern. »Irgendwann kommt der Tag, dass in Alkmaar Juden in Freiheit leben und Gott in einer eigenen Synagoge ehren dürfen.« Er lächelte mich an, als er das sagte, und das machte, dass ich mich weniger traurig fühlte.

Nun möchte ich etwas über Maartje und Gerritje erzählen. Sie glauben, dass ich eine Hexe bin, weil ich ihre Sprache nicht gut kann und weil meine Haut die Farbe von Oliven hat. Ich bin schon froh, dass ich sie verstehen kann, und das habe ich meinem Aufenthalt in Amsterdam zu verdanken. Dort, in der Stadt, war es wirklich so schrecklich, dass ich geglaubt habe, ich wäre in der Hölle angekommen. Mehr darüber später, ich verspreche es dir.

Die Kinder sind sehr lieb. Erst kommt Beatrijs, die fünf Jahre alt ist, dann Mariken, drei Jahre, und schließlich der kleine Roderick, fast anderthalb Jahre. Dona Dorothea ist ihre Mutter. Hier sagen sie »Jungfer«, aber dir gegenüber werde ich sie Dona nennen, als wären wir noch in Portugal. Der Vater der Familie ist Herr Aernout van Houwelinghe, den ich in meinen Briefen Don Aernout nennen werde, auch wenn das nicht so schön klingt, finde ich. Ich glaube, sie sind sehr reich. Kein Wunder. Don Aernout kauft Silber, Salz, Seide und Gewürze in fernen Ländern – auch in Portugal – und dann verkauft er alles hier an niederländische Kaufleute, für viel mehr Geld, als er selbst dafür bezahlt hat. Jeden Abend, bevor ich einschlafe, bitte ich den Allerhöchsten, Don Aernout zu segnen. Warum ich Gott speziell bitte, ihn zu segnen, werde ich dir später noch erklären.

Durch mein Dachfenster schaue ich zum Sternenhimmel und dann weiß ich genau, dass der große, hell strahlende Polarstern mein Großvater ist. Die strahlenden Sterne des Kleinen Bären, links vom Polarstern, sind meine Großmutter, meine Eltern und mein Bruder Leon. Auch sie hören meine Gebete und ich bitte sie jeden Abend, ein gutes Wort bei Gott einzulegen, damit Don Aernout doppelt gesegnet wird. Sie werden das bestimmt auch tun, denn er hat mir das Leben gerettet.
Meine liebe Freundin, gibt es dich vielleicht doch und bist du vielleicht das winzige Sternchen links neben Leon?
Ich möchte dir nun sagen, wie traurig ich war, als ich meinen schönen jüdischen Namen verlor.
»Ich taufe dich auf den Namen Maria Mattea da Marquez«, sagte der Priester, als er mir heiliges Wasser über den Kopf goss. »Im Namen des Vaters, des Sohnes und des Heiligen Geistes.«
Ich empfand den Namen Maria Mattea da Marquez von dem Augenblick an, als ich das Wasser auf meinem Kopf fühlte, als etwas, das nicht zu mir passt, wie ein zu großer Mantel, der mir nicht gehört. Seit gestern habe ich einen besseren Vergleich. Der Name Maria Mattea fühlt sich kalt an, wie Eis. Darauf bin ich gekommen, als ich gesehen habe, wie Maartje und Gerritje große Stücke Eis aus der Gracht hacken mussten. Sie schleppten die Brocken auf ihren Schultern zum Eiskeller, wo sie auf den Boden gelegt werden. Wenn es im Frühjahr wärmer wird, legen sie die Eisblöcke unter tote Gänse und Kaninchen, die an der Decke hängen, damit sie nicht verderben und eine Stunde gegen den Wind stinken.

Es ist seltsam, dass ich erst frage, ob du dieser kleine, strahlende Stern bist, und dann über stinkende Gänse und Kaninchen schreibe, aber ich kann es nicht ändern, meine Gedanken wehen nach allen Seiten durcheinander.
Ich sehne mich so sehr nach dem Tag, an dem ich einfach wieder Mirjam Sarphati sein darf. Wenn er je kommt, dieser Tag, werde ich Maria Mattea im Hof dieses Hauses an der Oudegracht begraben. Danach will ich niemals mehr etwas mit ihr zu tun haben. Ich werde sie vergessen und nie, nie ihr Grab besuchen.

Bis bald, kleines Sternchen. Bitte den Allerhöchsten in meinem Namen, ob Er dafür sorgen kann, dass Mirjam Sarphati zum zweiten Mal geboren wird. Verstehst du, was ich meine, oder spreche ich in zu großen Rätseln? Ich will es dir erklären. Die erste Mirjam wurde 1582 geboren, und wenn sie jemals wieder ihren eigenen Namen tragen darf, wird sie wiedergeboren. Wann das sein wird, weiß ich noch nicht.

PS: Manchmal denke ich, dass der Allerhöchste eine Frau ist, aber das wage ich niemandem zu sagen.

KAPITEL 19

Hört, Bürger!

Liebe Serafina,
heute möchte ich mich noch einmal an die Zeit erinnern, als ich mit meiner eigenen Familie in Lissabon wohnte. Natürlich werde ich mein ganzes Leben lang an Lisboa denken, aber die Anschläge an den Stadtmauern, die mich zugleich ängstlich und wütend gemacht haben, möchte ich lieber vergessen. Auf diesen Anschlägen standen alle möglichen Ratschläge an die Bevölkerung, wie sie herausfinden konnten, ob ihre Nachbarn nicht vielleicht doch Juden waren, auch wenn man es ihnen von außen nicht ansah. Wir gingen ja in die Kirche, wir sagten die katholischen Gebete und wir feierten Ostern und Christi Geburt genau so, wie es die Christen um uns herum taten.
Und warum fühlte ich mich dann so schrecklich verletzt?
Ich werde es dir erzählen.
Das waren die Worte auf den Anschlägen:

BÜRGER VON LISSABON – PASST GUT AUF, DENN:
Wenn ihr seht, dass eure Nachbarn samstags schöne
Kleider tragen,
SIND ES JUDEN!

Wenn sie freitags das Haus putzen und wenn sie vor
Sonnenuntergang Kerzen anzünden:
SIND ES JUDEN!
Wenn sie kein Fleisch von Schweinen, Kaninchen,
keine Aale oder Schalentiere essen:
SIND ES JUDEN!
Wenn ihr seht, dass sie nicht auf einem Stuhl sitzen,
sondern auf dem Boden, wenn sie nach dem Tod eines
nahen Familienangehörigen Eier und Oliven essen:
SIND ES JUDEN!
Wenn sie ihren Kindern Namen von Personen aus dem
Alten Testament geben statt Namen von Heiligen aus
unserem Neuen Testament:
SIND ES JUDEN!
Wenn sie ungesäuertes Osterbrot essen und ihre
Mahlzeit mit Salat und Sellerie beginnen:
SIND ES JUDEN!
Wenn euch einer oder mehrere dieser Punkte auffallen,
meldet das sofort eurem Priester. Er wird dafür sorgen,
dass ihr Betrug ans Licht kommt. Bürger, helft uns zu
verhindern, dass diese Scheinchristen eine Ehe mit wirk-
lichen Christen eingehen. Helft, die Reinheit unseres
Blutes zu bewahren.
Wir verlassen uns auf euch!

Kannst du dir vorstellen, Serafina, welche Angst ich hatte? Und wie böse ich war ... Denn was ist nicht rein an meinem Blut? Es ist genauso rot wie das Blut von allen anderen. Genauso rot wie das Blut von Beatrijs van Houwelinghe, als sie sich durch meine Schuld in den Daumen

geschnitten hatte. Aber das erzähle ich dir vielleicht ein andermal, vielleicht auch nicht.
Kannst du dir auch vorstellen, dass ich irgendwann aus Lissabon wegwollte, nachdem ich noch etwas mitgemacht habe, was mich sehr, sehr erschreckt hat?
Du hast Recht, wenn du sagst, dass ein Mädchen von fünfzehn Jahren nicht einfach ihre Familie im Stich lässt. Ich werde dir erzählen, warum es doch geschah. Ich werde es in Form einer Geschichte tun. Dann ist es, als wären diese schrecklichen Dinge, von denen ich dir berichte, nicht wirklich passiert oder es ginge nicht um mich selbst.
Erst muss ich dir noch erklären, dass mein Vater in der ganzen Welt Dinge kauft und wiederverkauft. Oliven, Silber und Seide. Großartig, nicht wahr, dass Raupen Seide machen können. Ich wäre auch gern eine Raupe oder eine Schnecke in ihrem Haus. Dann brauchte ich mir aus den schrecklichen Anschlägen nichts zu machen.
Nun kommt meine Geschichte.

Juni 1597. Es ist ein schöner Sommerabend. Die Familie da Marquez hat einen wichtigen Gast, Don Aernout van Houwelinghe aus Alkmaar, einer Stadt in der Republik der Vereinigten Niederlande. Don Aernout kauft Gewürze, Oliven und Seide, die er in seinem eigenen Land mit Gewinn verkauft. Er hat vor einer Stunde beschlossen, mit dem Herrn des Hauses, Don Christoffel da Marquez, Geschäfte zu machen, und das wird mit einer Mahlzeit in dessen Haus gefeiert.
Nach der geschäftlichen Besprechung sitzt die Familie mit dem Gast bei einer fürstlichen Mahlzeit. Die Familie be-

steht aus folgenden Personen: Vater Christoffel, Mutter Beatrice und der Tochter Maria Mattea. Das jüngste Kind, Leon, darf nicht mitessen. Er würde die Gespräche stören. Der Tisch ist mit dem schönsten Silber gedeckt. In der Mitte steht eine Schale mit Feigen und Datteln und gleich werden die Mädchen die *adafina* hereinbringen. Die Tochter freut sich auf das Essen, denn sie liebt dieses Gericht aus Lammfleisch, Zwiebeln, Reis und Gemüse.

Don Aernout erzählt von den Niederlanden, von seiner Frau und seinen Kindern, und Don Christoffel vertraut dem Mann aus dem fernen Norden so sehr, dass er ihm unter strikter Geheimhaltung erzählt, dass die Familie da Marquez unter ständiger Anspannung lebt. Sie haben Angst, eines Tages könnte herauskommen, dass sie insgeheim Juden sind und gar nicht da Marquez heißen, sondern Sarphati. David, Riwka, Mirjam und Baruch Sarphati. Und dass ihre Entdeckung den Tod auf dem Scheiterhaufen bedeuten könnte.

Mirjam, die Tochter, erschrickt so sehr über die Offenherzigkeit ihres Vaters, dass sie sich an einem Schluck Wein verschluckt.

»Ich habe die Anschläge gesehen«, sagt Don Aernout, »und ich finde es schrecklich, schlimmer, als ich es ausdrücken kann.«

»Das ist es auch«, sagt Riwka, die Mutter, mit leiser Stimme.

»Was kann ich für Sie tun?« Don Aernout sieht so erschrocken aus, dass die Tochter Mitleid mit ihm bekommt.

»Sie sind doch nicht schuld«, sagt sie und erschrickt vor ihrer eigenen Stimme. Auch wenn sie schon fünfzehn Jah-

re alt ist, darf sie sich in ein Gespräch mit Kunden ihres Vaters nicht einmischen.
»Ich bin auch katholisch«, sagt Don Aernout. »Ich schäme mich zutiefst. Was kann ich für Sie tun?«
»Nichts«, sagt der Hausherr. »Oder vielleicht doch. Erzählen Sie in Ihrer Stadt, was sich hier abspielt. Vielleicht verändert das etwas zum Guten.«
Und dann sagt der Gast etwas, was das Leben der Tochter für immer verändern wird.
»Familie Sarphati, darf ich Sie einladen, in die Republik der Vereinigten Niederlande zu kommen, nach Alkmaar? Sie können auf einem meiner Schiffe mitfahren. Niemand braucht zu wissen, dass Sie …«
»Das kommt nicht in Frage.« Der Vater macht eine Handbewegung, als wolle er die Worte, die Don Aernout aussprechen will, zurückhalten. »Davon ist nicht die Rede. Ich kann meine Geschäfte nicht im Stich lassen, und wovon sollten wir in den Niederlanden leben? Könnten wir uns denn einfach in Ihrem Land niederlassen und öffentlich in die Synagoge gehen und …«
»Noch nicht«, unterbricht Don Aernout den Vater. »Aber ich bin überzeugt davon, dass eine Zeit kommt, in der jeder in unserem Land frei ist, der zu sein, der er sein will. Denken Sie gut darüber nach. Vielleicht kommen Sie im Lauf der Zeit zu einer anderen Einsicht.«
Eine ganze Weile bleibt es still am Tisch. Die Stille wird unterbrochen, als der Vater sein Glas hebt.
»Lechajim«, sagt er leise. »Auf das Leben.«
»Lechajim«, antwortet der Gast so laut, dass alle erschrecken.

»Psst, das ist Hebräisch«, flüstert die Mutter. »Nicht so laut ... die Nachbarn ...«

»Nehmen Sie es mir nicht übel.« Der Gast nimmt die Hand der Mutter und küsst sie. »Nehmen Sie es mir nicht übel. Ich bin nicht daran gewöhnt, meine Religion geheim halten zu müssen.«

KAPITEL 20

Liebes Sternchen

Zur Abwechslung mal eine andere Überschrift für diesen Brief. Ich glaube, es wird dir wehtun, diesen Brief zu lesen, denn er handelt vom Schlimmsten, was ich bisher erlebt habe, aber eigentlich habe ich schon ein bisschen davon erzählt.

Juli 1597. Ich nehme dich mit nach Lissabon, wo die Familie Sarphati noch glücklich zusammenlebt. Es ist ein warmer Donnerstagnachmittag und wie üblich werden wir morgen, kurz vor Sonnenuntergang, den heiligen Schabbat willkommen heißen, mit Kerzenlicht, mit Liedern und Gebeten, zusammen mit meinen Großeltern. Mein kleiner Bruder Baruch ist erst vier Jahre alt und er weiß es nicht anders, als dass er Leon heißt. Er kennt seinen richtigen Namen noch nicht einmal. Aber er weiß schon sehr gut, dass er niemandem etwas von unserer geheimen Schabbatfeier erzählen darf. Trotzdem hat er vor ein paar Monaten etwas getan, was seinen Tod hätte bedeuten können. Ich werde versuchen, es so genau wie möglich zu beschreiben. Wieder werde ich eine kleine Erzählung daraus machen.
»Es ist Zeit, du musst gehen, Mirjam«, sagt meine Mutter. »Es ist Donnerstag, und nimm dein Brüderchen mit.«

Ich kann gerade noch einen Seufzer unterdrücken. Ich finde diesen wöchentlichen Gang zum Schlächter so schwierig, und nun muss ich auch noch Leon mitschleppen. Der Schlächter hat sein blutiges Geschäft weit weg, in der Gegend der Kirche São Martinho. Wer hätte je geglaubt, dass wir, die Sarphatis, jeden Donnerstag einen Schweinekopf kaufen müssen, um die Christen um uns herum glauben zu machen, dass wir wirkliche Christen geworden sind und uns überhaupt nichts mehr aus unserem Judentum machen? Es ist, als müsste ich jede Woche den echten Christen zurufen: »Kommt und seht. Seht ihr, dass die Familie da Marquez – und damit meine ich natürlich die Familie Sarphati – nichts mehr mit dem Judentum zu tun haben will? Meine Mutter wird diesen Schweinekopf kochen und morgen auf den Tisch stellen. Ja, am Freitagabend. Das würden wir doch nie tun, wenn wir insgeheim Juden geblieben wären. Ihr wisst doch genau, dass Juden kein Schweinefleisch essen.«
Ich vermute, dass mein Großvater sich das alles überlegt hat. Es ist seine Schuld, dass mein kleiner Bruder und ich uns nachher mit einem bleischweren Schweinekopf durch die Straßen und Gassen quälen müssen.
Meine Mutter drückt mir den großen, weißen Leinensack in die Hand, in dem gleich der verhasste Schweinekopf verschwinden wird.
»Geh jetzt«, befiehlt sie. »Und sorge dafür, dass jeder sieht, dass du *chasir*[1]-Fleisch im Sack hast. Sie haben alle diese verfluchten Anschläge gelesen.«

[1] *chasir* ist das hebräische Wort für Schwein.

»Das sagst du jede Woche«, maule ich.
»Ich wünschte auch, es wäre anders«, seufzt meine Mutter und wischt sich eine Locke aus der verschwitzten Stirn.
»Komm jetzt, Maria Mattea«, quengelt Leon. »Gib her, ich trage den Sack für dich. Wenn der Kopf drin ist, darf ich ihn auch tragen, nicht wahr?«
»Ja, einverstanden«, sage ich, damit er aufhört zu quengeln. Aber ich weiß, dass dieser elende Kopf viel zu schwer für ihn ist. Ich lasse mich von ihm führen, während er mir ein Loch in den Bauch fragt.
»Wo schläft die Sonne, wenn es Abend ist?«
»Wo ist der Mond tagsüber?«
»Können die Augen vom Schwein noch sehen, wenn der Kopf nicht mehr dran ist?«
»Hör auf, Leon.« Ich muss seine Hand loslassen, so übel wird mir bei dem Gedanken an den Schweinekopf, den wir gleich nach Hause bringen müssen. Es ist, als ob mein Magen sich jetzt schon weigert, Schweinefleisch zu essen. Es würgt mich.
»Verrückte Maria Mattea!« Leon muss so lachen, dass es mir am besten scheint, auch zu lachen. Vielleicht geht meine Übelkeit dann vorbei. Lachend laufen wir zu Christoffel, dem Schlächter.
»Ihr seid ja richtige Spaßvögel«, lacht Christoffel, als wir vor seiner Schlachthalle stehen. »Dasselbe Rezept wie immer?«
Ich nicke.
»Gib mir deinen Sack, schönes Mädchen. Du wirst von Woche zu Woche schöner. Hier, nimm und gib mir das Geld.«

Ich reiche ihm eine Hand voll Geldstücke.
»Für heute reicht es noch. Nächste Woche musst du mehr bezahlen. Schweine werden rar. Das liegt daran, dass die Neuchristen alle Schweinefleisch essen wollen. Alle auf einmal. Dreckige Marranos.«
»Wir essen den Kopf nicht auf, wir be…«
Ich erschrecke so sehr über Leons Worte, dass ich ihm einen Stoß versetze und er zu Boden fällt. Ich bin sicher, dass er drauf und dran war, Christoffel zu erzählen, dass wir den Schweinekopf nachts in unserem Garten vergraben würden. Das tun wir jede Woche und es ist ein Wunder, dass uns bisher noch niemand entdeckt hat. Es würde unseren Tod auf dem Scheiterhaufen bedeuten.

Seufzend und keuchend läuft Leon ein paar Schritte hinter mir, als wir den Rückweg antreten. Er ist nicht abzubringen von seinem Vorhaben, den Kopf zu tragen. Ab und zu bleibt er schnaufend stehen.
Als wir an der Kirche Misericordia sind, finde ich, dass es reicht. »So geht es nicht, Leon«, sage ich. »Der Sack ist viel zu schwer für dich.«
Ich gehe ein paar Schritte zurück und er ist damit einverstanden, dass ich ihm beim Tragen helfe. Ich muss mich krumm machen, sonst hängt der Sack schief. Ich bin ja viel größer als Leon. Mir fällt auf, dass wir eine Spur aus Blutstropfen hinterlassen.
Wegen meiner gebückten Haltung habe ich nicht gesehen, dass nicht weit von uns ein Mann steht, der uns aufhalten will, als wir näher kommen. Das Erste, was ich sehe, sind seine verdreckten Stiefel. Ich stelle den Sack hin, damit ich

den Mann anschauen kann. Ich sehe einen wilden schwarzen Bart und einen weit aufgerissenen Mund, über den er einen ledernen Weinsack hält. Wein strömt über seine Lippen und landet in seinem Bart. Dann bückt er sich um in den Sack zu schauen.
»Aha, der Kopf von einem Marrano!«, schreit er. »Ein Schweinekopf.«
Bevor ich etwas sagen kann, nimmt er den Kopf aus dem blutverschmierten Sack. Er hebt ihn mit einer Hand über seinen Kopf.
»Dort gibt es noch viel mehr«, brüllt er. »Dort brennen sie, auf dem Rosarioplatz. Die so genannten Neuchristen in ihren gelben Kleidern stinken und sie brennen wie ein Brombeerstrauch, über den man Fischöl gegossen hat.«
Wieder dieser geöffnete Mund, wieder Wein, der in den Bart läuft. Eine eklige Flüssigkeit spritzt auf meinen weißen Überrock. Spucke, vermischt mit Wein.
Ich weiß nicht, ob es wirklich so ist, aber ich rieche den Gestank von verbrennendem Fleisch. Über dem Rosarioplatz hängt eine schwarze Rauchwolke. Ich drehe mich um, weg von dieser Rauchwolke. Beim Wegschauen sehe ich noch die Kirche Misericordia, ich sehe kleine Engel, die über den Türen des Hauptportals schweben. Fröhliche Engel mit dicken, runden Bäuchen. Mitten zwischen diesen süßen kleinen Dingern entdecke ich einen großen, lachenden Engel. Ich fühle, wie Wut in mir aufsteigt, Wut gegen dieses steinerne Geschöpf, das über alles lacht, was sich auf dem Rosarioplatz abspielt. Wenn Leon nicht dabei wäre, würde ich einen Stein nehmen und das Lachen auf dem Engelsgesicht für immer zerstören.

»Hier ist noch einer«, brüllt der wilde Mann in die Richtung, aus der der schwarze Rauch kommt. »Ich bringe ihn euch, ein Stück von einem Schwein. Es kann dann mit seinen Artgenossen schmoren. Marranos ... Judenschweine. Es können noch mehr dazu, das Feuer ist noch stark genug.«
Bevor wir etwas sagen können, ist er mit dem Kopf verschwunden.
Ich habe keine Kraft mehr, Leon zu trösten, der die Hände vor die Augen hält und weint. Ich versuche ihn mitzuziehen. Als das nicht gelingt, tue ich etwas, was mir noch immer Leid tut.
»Ich lasse dich hier stehen«, drohe ich, »hier in der Rua Nova d'el Rei. Und dann kommt der böse Mann zurück und wirft dich auch auf den Scheiterhaufen.«
Das hilft. Brav wie ein Lämmchen läuft Leon neben mir her. Nach Hause.

Zitternd und bebend erzähle ich meiner Mutter, was uns unterwegs passiert ist.
»Schon wieder«, sagt sie leise. »Schon wieder ein Autodafé, schon wieder eine Verbrennung. Wie lange können wir das alles noch aushalten? Wenn es diesmal nur keine Verwandten oder Bekannten sind.« Ich sehe, dass sie Mühe hat, ihre Tränen zurückzuhalten. »Ich kann nur noch beten und Gott bitten, ihren Seelen das ewige Leben zu geben. Mehr kann ich nicht tun.«
»Amen«, sage ich feierlich, und dann höre ich plötzlich die Worte von Don Aernout: »Familie Sarphati, ich lade Sie ein, in die Niederlande zu kommen, nach Alkmaar. Sie können auf einem meiner Schiffe mitfahren.«

»Ich will weg«, sage ich. »Liebe Mama, lass uns weggehen. Wenn Don Aernout wieder nach Portugal kommt, möchte ich mit ihm nach Alkmaar fahren. Hier werde ich sterben und ich will nicht sterben. Ich lebe doch erst fünfzehn Jahre!« Ich muss mir Mühe geben, meine Mutter nicht anzuschreien.
»Und was ist mit Opa und Oma? Wir können nicht weg.« Meine Mutter seufzt. »Wir können Opa und Oma nicht im Stich lassen. Meine Eltern sind zu alt, um in ein anderes Land zu ziehen. Und wovon sollen wir leben, wenn dein Vater seine Geschäfte im Stich lassen muss?«

Einen Tag später erfahren wir zu unserem großen Kummer, dass meine Mutter sich über ihre Eltern keine Sorgen mehr zu machen braucht und dass wir nie wieder mit meinen Großeltern Schabbat feiern werden.
Ihr langes Leben endete an jenem Nachmittag in den Flammen auf dem Rosarioplatz.

KAPITEL 21

Sie nennen mich Hexe

Liebe Serafina,
in einem meiner vorigen Briefe habe ich dir erzählt, dass ich es nicht mehr ausgehalten habe in Portugal. Ich habe dir auch versprochen, ich würde dir berichten, wie ich nach Amsterdam kam und was dort passierte.
Das, was Leon und ich an jenem Donnerstag gesehen hatten, machte mich so traurig, dass mir alles um mich herum grau vorkam. Die Blumen, die Bäume, die Menschen, alles hatte seine Farbe verloren. Meine Mutter versuchte mich aufzumuntern, indem sie sagte: »Mirjam, schau dich doch mal um. Die Sonne scheint!«
Ich war wütend auf meine Mutter. Wie konnte sie um Himmels willen über die Sonne jubeln, während sie doch vor kurzem ihre Eltern verloren hatte!
Mir war die Sonne zuwider geworden. Sie gab viel mehr Licht als früher, als freue sich das Licht über alles, was auf der Erde geschah.

Dann kam der Tag, an dem Don Aernout wieder unser Gast war. Diesmal hatte er Seidenballen und Pfeffer von meinem Vater gekauft.

Auf seinen Wunsch hin aßen wir wieder *adafina*, und genau wie beim letzten Mal sprachen wir über unser Leben, das immer schwerer wurde.
Er schaute mich an und sagte zu meinem Vater: »Sie wissen, was ich sagen möchte?«
»Geh mit, Mirjam«, sagte mein Vater. »Geh mit Don Aernout mit. Hier zerbrichst du. Du bist so anders als früher, so traurig.«
»Nein«, protestierte ich, »ich lasse euch nicht im Stich.«
»Und … und wenn Mama und ich dir versprechen, dass wir auch in die Niederlande kommen? Ich muss erst meine Geschäfte erledigen. Und …«, er sprach auf einmal ganz leise, »wegen Oma und Opa brauchen wir leider nicht mehr hier zu bleiben.«
»Es ist keine Entscheidung, die jetzt in diesem Moment getroffen wird«, sagte meine Mutter ernst. »Vater und ich haben lange darüber gesprochen.«
Mein Vater stand auf. Er verbeugte sich vor Don Aernout. »Edler Herr«, sagte er. »Wenn meine Tochter auf Ihr Angebot eingeht, lege ich ihr Schicksal in Ihre Hände. Sie haben selbst Kinder. Sorgen Sie für diese schwarze Perle, die Tochter aus dem uralten Geschlecht Sarphati, als wäre Sie Ihre eigene Tochter, entstanden aus dem Geschlecht der van Houwelinghe.«
»Das verspreche ich«, antwortete Don Aernout und hob zwei Finger seiner Hand hoch. »Ich schwöre es. So wahr mir Gott der Allmächtige helfe.«
»Ich werde weggehen«, sagte ich leise. »Nun, da ich weiß, dass ihr nachfolgen werdet, gehe ich. Aber wo werde ich leben?«

»Bei einer Familie in Amsterdam«, antwortete Don Aernout. »Ich habe schon mit ihnen gesprochen, so sicher war ich, dass du dich dazu entscheiden würdest, Portugal zu verlassen. Sie brauchen ein Kindermädchen und es ist gut für dich, viel mit Kindern zu sprechen. Das wird dich fröhlicher machen.«

Noch eine einzige Nacht schlief ich im Haus meiner Eltern. Noch ein einziges Mal brachte mich mein Vater ins Bett, als wäre ich ein kleines Mädchen, und noch ein einziges Mal hörte ich aus seinem Mund das Gedicht, das er früher einmal für mich gemacht hatte und das mich nach einem langen Tag Spielen beruhigt hatte.

»Ich lege meine Hände
auf deinen Kopf, Tochter,
wie ein Dach, Tochter,
unter dem all deine Träume
sicher wohnen können.«

»Geh jetzt«, sagte ich zu ihm, als er anfing, unser Schlaflied *Durme durme* für mich zu singen. »Bitte nicht.«
Ich habe ihm nie mehr sagen können, dass ich ihn aus meiner Schlafkammer geschickt hatte, weil ich uns den Abschied nicht schwerer als nötig machen wollte.

Von unserer langen Seereise kann ich dir nicht viel erzählen, Serafina, denn ich will nicht, dass dir durch die Beschreibung meiner Seekrankheit selbst schlecht wird. Eigentlich könnte man diese seltsame Übelkeit auch anders nennen: Abschiedskrankheit oder Amsterdamkrankheit. Diese Wörter habe ich mir einfach ausgedacht, aber ich glaube, dass sie sehr gut beschreiben, was ich meine. Du darfst es mir nicht übel nehmen, dass ich den Abschied von meinen Eltern und von Leon nicht beschreiben werde. Ich würde gleich aufhören müssen. Es tut so schrecklich weh, sich daran zu erinnern. Also komme ich jetzt zur Familie Derksz aus Amsterdam.

Ich wurde herzlich empfangen und am Anfang ging alles auch ganz gut. Aber so lieb, wie die Kinder van Houwelinghe sind, so unartig und böse waren die Kinder Derksz. Es sagt etwas aus, dass das erste niederländische Wort, das ich lernte, »Hexe« war. Erst verstand ich nicht, was dieses seltsame Wort bedeutete, bis Neeltje, die älteste Tochter, mir ein Bild von einer Hexe zeigte. Sie deutete auf die Frau, die eine krumme Nase, schmutzige Haare und verfaulte Zähne hatte. »Hexe«, sagte sie und deutete dann auf mich und wieder auf das Bild. »Hexe. Du … Maria Mattea.«

Nach einiger Zeit stellte sich heraus, dass das, was Don Aernout gesagt hatte, nicht stimmte. Kindermädchen, pah, von wegen! Ich war noch weniger als die Küchenmägde Klaasje und Dirkje. Jungfer Derksz ließ mich alle schwere Arbeit tun. Zum Beispiel musste ich das Nachtgeschirr leeren und Gefäße mit Unrat in die Gracht kippen. Ich fühlte mich zu stolz für diese schmutzige Arbeit – oder darf man so etwas nicht denken? Was meinst du dazu, Serafina?

Aber ich war auch zu stolz um Don Aernout zu erzählen, wie unglücklich ich war, wenn er zu Besuch kam, um mit Derk Derksz über Geschäfte zu sprechen. Oh, wie ich mich nach meinen Eltern und meinem kleinen Bruder sehnte! Der einzige Vorteil in Amsterdam war, dass ich langsam etwas von der Sprache der Niederländer verstand. Ich sprach mit Klaasje und Dirkje, die netter waren als Maartje und Gerritje hier im Haus der van Houwelinghes. Ich werde dir noch ausführlich darüber berichten, wie sie mich quälen. Ich verstecke dieses Büchlein mit meinen Briefen an dich unter meiner Matratze. Eigentlich ist das nicht notwendig, denn die beiden Mädchen können nicht Portugiesisch lesen. Sie können nicht wissen, was in meinem blauen Gebetbuch steht, denn auch von Hebräisch haben sie keine Ahnung. Ich habe neulich gehört, wie sie diese fremden Buchstaben Hexenzeichen genannt haben. Wie sie dieses Buch entdeckt haben, ist mir ein Rätsel.

»Du siehst nicht gut aus, Maria Mattea«, sagte Don Aernout bei einem seiner Besuche im Hause von Derk Derksz. Er schaute mich besorgt an. »Hast du Schwierigkeiten?«

Ich zog die Schultern hoch. »Es geht schon«, log ich.

»Sei nicht traurig, Mädchen, ich habe gute Nachrichten für dich.«

Mir klopfte das Herz in der Kehle und ich spürte, wie mir das Blut aus dem Kopf lief.

Ich schaute Don Aernout an. »Meine Eltern ... Leon ...?« Ich war so aufgeregt, dass ich die Worte nur stotternd herausbrachte.

Don Aernout nahm meine Hand. »Ja«, sagte er. »Liebe Maria Mattea, wenn alles gut geht, kommen sie mit einem meiner Schiffe hierher, mit dem *Goldenen Triton.* Der Kapitän, Gerrit Geritsz, ist ein verlässlicher Mann. Er wird niemals irgendjemandem verraten, dass er die Familie Sarphati aus Portugal herausgeschmuggelt hat. In einer Woche fährt er nach Lissabon, dort nimmt er sie am Hafen mit. Von Lissabon aus fahren sie nach Antwerpen und dann über Amsterdam und Edam nach Alkmaar.«

»Es könnte Sturm geben oder Seeräuber könnten das Schiff kapern«, sagte ich. »Es ist gefährlich.«

Don Aernout beruhigte mich. »König Poseidon wird sie beschützen«, sagte er. »Mit seinem Dreizack wird er, der König der Meere, die Seeräuber verjagen. Er hat bisher meine Schiffe immer beschützt.«

Ich war verblüfft. Don Aernout hatte mir nie erzählt, dass sich dieser griechische Gott um die Schiffe der Republik der Vereinigten Niederlande kümmerte. Ich kenne Poseidon nicht, aber ich weiß, dass er uralt ist und immer eine goldene Gabel mit drei Zacken bei sich hat.

Serafina, ich wusste nicht, was ich tun sollte, so froh war ich, dass ich meine Eltern so bald wiedersehen sollte.

Ich war nicht mehr in der Lage, etwas zu tun. Ich saß nur noch auf meinem Stuhl, als wäre ich daran festgeklebt. Meine Eltern ... mein kleiner Leon ... es würde nicht mehr lange dauern, dann würden wir uns sehen.

Ein paar Tage später verließ ich die Familie Derksz. Ich durfte bis zur Ankunft meiner Eltern bei den van Houwelinghes wohnen. Ich weigerte mich, den Kindern Derksz die Hand zu geben. Ich weigerte mich auch, ihren Eltern die Hand zu geben. Warum sollte ich das tun? Ich hasste sie.

Dona van Houwelinghe empfing mich im Speisezimmer,

das voll gehängt ist mit Bildern. Ich sah Abbildungen von Schiffen zwischen wilden Wellen. Ich sah auch geheimnisvolle Figuren, die einerseits wie Menschen aussahen, andererseits nicht. »Das sind griechische Götter«, sagte Dona van Houwelinghe. »Herr Aernout interessiert sich sehr für die griechischen Göttersagen. Deshalb hängen diese Bilder hier.«
Dona van Houwelinghe ist eine schöne, große Frau mit auffallend hellblauen, freundlichen Augen. Aber ich glaube, dass sie auch sehr streng sein kann.
Die Kinder gaben mir ein Kusshändchen. »Sie sind neu«, sagte Beatrijs zu mir. »Ich bin nicht neu. Ich wohne schon lange hier.«
Ich durfte neben Dona Dorothea am Tisch sitzen. Neben mir standen Mariken und Beatrijs. Roderick ist noch so klein, dass er beim Essen sitzen darf. Das geht auch nicht anders, er braucht noch einen Hochstuhl.
Die Bekanntschaft mit Maartje und Gerritje war nicht so angenehm. Sie schauten mich an, als wäre ich ein wildes Tier, und noch bevor es Abend wurde, hörte ich sie zueinander sagen, ich wäre ganz bestimmt eine Hexe.

Das nächste Mal weiter, Serafina, ich gehe jetzt ins Bett.

KAPITEL 22

Eier und Oliven

Liebe Serafina,
weißt du noch, was auf den Anschlägen stand, die an den Mauern von Lissabon klebten? Ich meine diese Warnung an die Bürger?
Eine der Warnungen war:
Wenn ihr seht, dass eure Nachbarn nicht auf einem Stuhl sitzen, sondern auf dem Boden, wenn sie nach dem Tod eines nahen Familienangehörigen Eier und Oliven essen, dann sind sie Juden.
Vor zehn Tagen wurde ich plötzlich auch zu einer derjenigen, die auf dem Boden sitzen und Eier und Oliven essen, nachdem ein naher Familienangehöriger gestorben ist. Wäre es nur ein Familienangehöriger, um den ich trauere. Es sind drei: mein Vater, meine Mutter und Leon. Ich muss es dir erzählen, Serafina. Das wird mich erleichtern.
Vor zehn Tagen war ich gerade dabei, Marikens Haare zu flechten, als Don Aernout ins Kinderzimmer trat.
»Ich muss mit dir sprechen, Maria Mattea«, sagte er und mir fiel sofort sein bedrückter Blick auf.
»Meine Eltern?« Ich wagte es fast nicht, ihn anzuschauen.
»Ja«, antwortete er. »Es geht um deine Eltern.«

»Auf dem Scheiterhaufen? Und Leon?« Mehr brachte ich nicht heraus. Es war, als würden die Worte in meiner Kehle gefangen gehalten.

»Auch. Leon auch«, flüsterte Don Aernout. »Aber nicht auf dem Scheiterhaufen.«

»Wie denn?«

»Poseidon hat den Kampf gegen Äolus, den Gott des Windes, verloren.«

Noch nie in meinem Leben habe ich jemanden so angeschrien wie an diesem Tag Don Aernout. »Was helfen mir Ihre griechischen Götter!«, brüllte ich. »Geben Sie mir eine ehrliche Antwort. Wo sind meine Eltern und Leon? Was ist mit ihnen geschehen?« Ich versuchte ihn am Kragen zu packen und kam erst zur Besinnung, als Mariken sich zwischen uns drängte.

»Lass mich los«, sagte Don Aernout ruhig. »Dann sprechen wir weiter. Mariken, geh und leiste Maartje und Gerritje in der Küche Gesellschaft.«

Mariken verschwand und Don Aernout lud mich mit einer Handbewegung ein, mich neben ihn auf die Eichenholzbank zu setzen. »Ich verstehe deine Wut«, sagte er. »Ich werde dir alles erzählen.«

Ich kann mich nicht erinnern, was er alles sagte. Das Schlimmste habe ich verstanden. Meine Eltern und mein kleiner Bruder Leon sind auf der Reise von Edam nach Alkmaar ertrunken, als plötzlich ein heftiger Sturm ausbrach. Ich werde sie nie wiedersehen. Der Einzige, der überlebt hat, ist Gerrit Gerritsz, der Kapitän. Alle anderen, die an Bord des *Goldenen Triton* waren, sind in den Wellen verschwunden.

»Was möchtest du jetzt tun?«, fragte Don Aernout.
»Allein sein«, schluchzte ich. »Ich gehe in meine Kammer.«

Dann tat ich, was meine Vorfahren seit Jahrhunderten getan haben, wenn sie in tiefer Trauer waren. Ich setzte mich auf den Boden und noch nie im Leben habe ich mich so allein gefühlt wie in diesem Moment. Alle möglichen Stimmen schwirrten mir durch den Kopf.
»Feigling, warum hast du sie allein gelassen? Das hättest du nie tun dürfen, Mirjam Sarphati. Feigling ... Feigling!«
»Deine eigene Seele retten, was? Und deine Liebsten den Händen eines grausamen Inquisitors und eines noch grausameren Sturms zurücklassen ...«
»Halt!«, schrie ich die Stimmen an. »Ich weiß, ihr habt Recht! Ich wünschte, ich würde auch auf dem Boden des Meeres liegen.«
»Nun lügst du auch noch, Mirjam. Du lügst, denn wenn es wahr wäre, was du jetzt sagst, wärest du nicht ...«
»Aufhören!«, schrie ich. »In Gottes Namen, aufhören!«
Ich fühlte, dass ich weinen musste, aber es kamen keine Tränen. Es war, als hätten sich alle Tränen in meinem Magen gesammelt, so übel war mir.
Ich hörte, wie die Tür leise aufgemacht wurde. Don Aernout kam mit einem Kupfertablett herein, das er vor mich auf den Boden stellte.
»Ich habe etwas zu essen für dich, Mädchen«, sagte er.
Ich hielt mir die Hände vor die Augen, solche Angst hatte ich, ich könnte mich übergeben, wenn ich sah, was auf dem Tablett stand. Ich erwartete Roggenbrot und einen Krug Bier.

Don Aernout versuchte mir die Hände wegzuziehen.
»Nein«, schrie ich. »Ich möchte kein Brot und ich möchte kein Bier. Ich will nie mehr etwas essen. Nie mehr!«
»Das darfst du nicht ablehnen«, flüsterte Herr Aernout und zog mir die Hände weg. »Schau mal, es ist kein Brot und kein Bier.«
Und dann sah ich etwas, was ich fast nicht glauben konnte: Eier und Oliven.[1]
Don Aernout setzte sich neben mich auf den Boden. »Siehst du«, sagte er leise, »ich habe von diesen verfluchten Anschlägen doch etwas gelernt.«
»Ich kann nicht essen«, sagte ich. »Ich will nicht essen.«
»Das ist auch nicht nötig. Wir wollen dir nur zeigen, dass wir mit dir leiden und finden, dass dieser schöne jüdische Brauch nicht verloren gehen darf.«

Ich muss sagen, dass die Liebe der Kinder und das Verständnis von Don Aernout und Dona Dorothea meine Trauer besänftigt haben. Maartje und Gerritje wissen nichts von mir und es wird immer deutlicher, dass sie mich für eine gefährliche Person halten, eine Hexe. Nein, Serafina, das bilde ich mir nicht ein. Ich werde dir ein Beispiel geben. Gestern war ich sehr traurig, bis Roderick auf mich zuwackelte. Es war, als wolle er mich trösten. Ich nahm ihn auf den Schoß und der kleine Schatz streichelte mir die Wange. Ich merkte, dass er wollte, ich solle ihm ein Lied

[1] Nach der Beerdigung bringen gute Freunde den Hinterbliebenen eine leichte Mahlzeit, weil sie wissen, dass diese zu traurig sind, um für sich selbst zu sorgen. Die Formen von Ei und Olive symbolisieren, dass nach jedem Ende ein neuer Anfang folgt.

singen. Ich sang eines der Schlaflieder, die ich immer für Leon gesungen hatte, und da musste ich an meinen kleinen Bruder denken.

»Nass«, sagte Roderick, als er mit seinen dicken Fingerchen wieder über meine Wange strich.

»Komm, wir gehen in die Küche«, sagte ich. »Vielleicht sind Beatrijs und Mariken dort.«

Maartje und Gerritje freuten sich offenbar nicht über unseren Besuch.

»Mariken und Beatrijs sind nicht da«, schnauzte mich Gerritje an. »Und wir haben zu tun.«

Ich setzte mich einen Moment auf die Küchenbank, mit Roderick auf dem Schoß. Irgendwie hatte ich das Gefühl, jetzt könnte ich das Lied singen, das mich eben noch so traurig gemacht hatte.

»Durme durme … hermozo … hjigo
durme durme con savor …«

Wieder konnte ich das Lied nicht zu Ende singen, weil ich etwas glühend Heißes im Nacken spürte. »Mama, sie wollen mich auch verbrennen!«, schrie ich und schlug Gerritjes Hand weg. In der Hand hielt sie einen glühenden Schürhaken. Gemessen wie eine Königin bin ich aus der Tür geschritten, den schlafenden Roderick auf dem Arm. Die Mädchen sollten nicht merken, dass ich Schmerzen hatte. Ich konnte gerade noch hören, wie Gerritje flüsterte: »Da siehst du, dass sie eine richtige Hexe ist. Ein normaler Mensch wie wir hätte sich an dem glühenden Schürhaken verbrannt.«

KAPITEL 23

Überall Ohren

Liebe Serafina,
heute möchte ich dir einen fröhlichen Brief schreiben. Es ist lange her, dass ich dir überhaupt geschrieben habe, und die letzten Briefe waren ja eher düster, findest du nicht? Ich hoffe, dass ich dich mit dem, was ich dir nun erzähle, zum Lachen bringe. Es ist ein großes Geheimnis und es handelt von meinem Körper. Weißt du, dass ich überall Ohren habe? Wirklich. Auf meinem Bauch, auf meinem Po und auf meinen Brüsten, und ich kann alles hören, was im Haus gesprochen wird.
Erst muss ich dir noch sagen, dass ich hier bleiben darf, hier im Haus der van Houwelinghes, weil ich nun keine Eltern mehr habe. Ich bin als Kindermädchen angestellt. Dona Dorothea hat mir versprochen, dass ich keine schwere Arbeit zu tun brauche. Ich muss nicht putzen, ich muss nicht das Nachtgeschirr ausleeren, nichts dergleichen. Sie haben hier übrigens etwas Neues: ein Abflussrohr für die Exkremente. Es führt bis in die Gracht. Keine Ausscheidungstonnen mehr. Die letzte Familie, die in Amsterdam, ist für immer Vergangenheit. Ich will sie nie mehr sehen und nie mehr ihren Namen nennen.

Aber zurück zu meinem Körper voller Ohren. Stell dir das vor, wie bequem das wäre, wenn ich mit meinem Bauchohr Roderick hören könnte, mit dem Ohr am Po Mariken und dem an der Brust Beatrijs.
Soll ich das Rätsel für dich lösen? Die Idee, dass ich überall Ohren habe, stammt aus Gerritjes Phantasie. Ich habe gehört, wie sie es Maartje erzählt hat. Ich habe Glück, dass ich sie verstehe, und das habe ich meinem Aufenthalt bei der Familie XXX zu danken. (Kreuzchen, weil ich ihren Namen nicht mehr nennen möchte!)
Dieser Blödsinn brachte mich so zum Lachen, dass ich mir die Hand vor den Mund halten musste, damit sie mich nicht hörten.
Nein, Serafina, ich stehe nicht den ganzen Tag hinter der Küchentür und lausche, wie Maartje und Gerritje über mich klatschen. Ich habe mit den Kindern viel zu viel zu tun, aber ab und zu muss ich durch den Flur gehen und dann höre ich sie zufällig. Ehrenwort. Deshalb weiß ich längst, dass sie an irgendeinem Abend einen Weidenbesen an mein Bett stellen wollen, um zu sehen, ob ich wirklich eine Hexe bin, die auf dem Besen wegfliegt. Aber woher soll ich die schwarze Katze nehmen, die dann auf meiner Schulter mitfliegen soll, denn das gehört doch zu einer Hexe, oder? Ich weiß genau, dass ich es merken würde, wenn jemand in mein Zimmer schleicht, denn ich habe einen sehr leichten Schlaf. Ich schlafe auch sehr schwer ein, weil ich meinen Eltern so viel zu erzählen habe. Ich habe dir ja schon vom Sternenhimmel geschrieben, an dem meine Familie wohnt. Das glaube ich nun mehr denn je!
Ich würde es gut hier haben, wenn die beiden Mägde nicht

so gemein zu mir wären. Nicht dass ich sie merken lasse, wie verletzt ich mich manchmal fühle …

Trotzdem kann ich mir vorstellen, dass sie ab und zu schrecklich neidisch auf mich sind. Es ist nämlich etwas passiert, was mich an ihrer Stelle auch neidisch machen würde. Ich werde es dir erzählen. Don Aernout kam von einer seiner Reisen zurück, mit den Händen voller – was sage ich, mit den Armen voller Geschenke.

Dona Dorothea bekam bestickte Hausschuhe und eine Perlenkette. Beatrijs und Mariken goldene Ohrringe, mit Rubinen und Saphiren geschmückt, und Roderick bekam eine silberne Wasserpfeife. Was soll ein so kleiner Junge mit einer Wasserpfeife, frage ich dich, und noch dazu aus Silber.

Und weißt du, was ich bekommen habe? Ein wunderschönes Umschlagtuch mit goldener Stickerei und blauen Edelsteinen. Ich war erst sehr froh, das wirst du wohl verstehen, doch dann wurde meine Freude zu Scham, als ich sah, was Maartje und Gerritje bekamen. Du wirst es nicht glauben … sie bekamen Schürzen. Noch dazu blaue. Die Ärmsten. Das ist zu schlimm. Ich glaube, ich werde mein Umschlagtuch nie tragen, wenn sie mich sehen können. Auch heute Abend nicht, auch wenn es noch so kalt ist.

Was ich heute Abend vorhabe? Ich werde es dir gleich erklären. Nein, Serafina, ich gehe nicht zu einem Jahrmarkt oder so. Ich gehe heute Abend zum Ufer, zum Ort der Ertrunkenen. Dort werde ich … nein, ich kann mein Versprechen mit dem fröhlichen Brief nicht halten. Findest du das schlimm? Dieser Brief kann nicht fröhlich enden, weil ich etwas Trauriges beschreiben muss. Heute Abend werde

ich ein Gebet für meine Eltern und meinen kleinen Leon sagen. Frage mich nicht, warum ich jetzt an jenen Nachmittag denken muss, als mein vierjähriger Bruder und ich auf der Dachterrasse saßen, hoch über Lissabon. Leon zog mir das Buch, das ich gerade las, aus den Händen. Er deutete auf den Buchstaben »L«. »Mein Buchstabe«, jubelte er, »und der da auch!« Mit seinem kleinen Zeigefinger deutete er nacheinander auf alle Buchstaben seines Namens. »Ich kann lesen!«, schrie er. »Ich kann lesen.«
Vor Freude tanzten wir zusammen herum und hoch über Lissabon erklang das Lied:

»Leon Sarphati kann schon lesen,
und das macht uns viel Pläsier.
Leon Sarphati kann schon lesen,
und dabei ist er erst vier.«

Er lachte und lachte, und selbst jetzt, da ich über ihn schreibe, habe ich sein Lachen in den Ohren, das Lachen, das ich nie mehr hören werde.
Zugleich sehe ich die Rauchfahnen, die an jenem Tag, an dem Leon lesen konnte, über der Stadt hingen. Ich brauche dir nicht zu erzählen, was das bedeutete. Marranenverbrennungen. Ich war froh, dass wir getanzt und gesungen hatten, denn so konnte ich sicher sein, dass Leon nichts von dem gemerkt hatte, was sich unter uns abspielte.
Heute Abend werde ich für sie den *Kaddisch* sagen, unser Gebet für die Toten, und ich werde ein paar Blumen ins Wasser werfen. Sie werden ihren Weg zu der Stelle finden, wo sie ertrunken sind, irgendwo zwischen Edam und Alk-

maar. Dort ist ihr Grab. Ich weiß nur noch nicht, wo ich die Blumen pflücken werde. Im Garten stehen nur zwei Tulpen, und die sind so etwas Besonderes, dass ich nicht wage, sie anzufassen.
Den Kaddisch werde ich aus meinem blauen hebräischen Gebetbuch lesen, ich werde auch mein Briefebuch mitnehmen. Am Ufer werde ich ein paar Briefe vorlesen, die ich an dich geschrieben habe. Damit bist du doch einverstanden, nicht wahr, Serafina? Ich finde, dass sie alles wissen müssen, und ich werde Äolus bitten, meine Worte bis zu der Stelle im Meer zu bringen, wo meine Eltern und mein Bruder liegen. Vielleicht kann Poseidon ihm beim Suchen helfen – aber was tue ich denn da? Ich fange an, Don Aernouts Götter zu übernehmen, und das will ich nicht. Es ist ansteckend, denke ich. So wie die Pest, die in Alkmaar auch wieder viele Opfer verlangt.
Noch einmal tauche ich meine Feder in die Tinte. Dann werde ich gehen. Im nächsten Brief werde ich dir erzählen, wie alles abgelaufen ist. Einmal möchte ich am Ufer stehen und für meine Liebsten, die das Meer mir weggenommen hat, singen und beten.
Mein hebräisches Buch liegt bereit. Wenn dieser letzte Satz geschrieben ist, werde ich das Buch zuschlagen und mitnehmen, aber das weißt du ja schon.
Es ist so weit. Bis zum nächsten Brief, liebe Serafina.

KAPITEL 24

Ort der Ertrunkenen

Liebe Serafina,
es ist ein großes Wunder passiert. Ich lebe noch!
Ich meine, es hätte nicht viel gefehlt und mein Wunsch wäre erhört worden – du weißt natürlich noch, dass ich mir vor einer Weile gewünscht habe, selbst auf dem Boden des Meeres zu liegen, zusammen mit meinen Eltern und Leon …
Ich hoffe, dass du diesen Brief lesen kannst, denn Doktor Geesteranus erlaubt mir noch nicht, das Bett zu verlassen. Ich schreibe also nicht so deutlich wie sonst. Auf einem kleinen Tisch neben mir steht das Tintenfass, ein silbernes, und ich muss gut aufpassen, dass mein schönes Nachtkleid und die Decke aus Gänsefedern keine Tintenkleckse bekommen.
Nun kehre ich zu dem Abend zurück, als ich wieder so schreckliche Sehnsucht nach meinen Eltern hatte.

Mirjam, im Garten stehen zwei ganz besondere Tulpen, pflück sie für deine Eltern, sagte eine Stimme in mir. Du wolltest doch Blumen ins Wasser werfen? Dann tue es. Und vergiss nicht, den Kaddisch zu sagen.
Ich beschloss also, die Tulpen zu pflücken.

Es war fast Mitternacht, als ich die Treppe hinunterschlich, die Schuhe in den Händen. Die zehnte und die vierte Stufe überging ich, denn ich weiß, dass sie schrecklich knarren. Ich hörte, wie die Tür des Weinkellers aufging. Bildete ich es mir nur ein oder hörte ich die Stimmen von Maartje und Gerritje? Einen Moment stand ich still und lauschte, dann ging ich weiter. Im Garten leuchtete der Mond hell genug, sodass ich die Blumen gut unterscheiden konnte. Zur Sicherheit tastete ich noch, ob ich auch wirklich das Briefebuch in die Tasche meines Unterrocks gesteckt hatte.

Ich betrachtete die Tulpen, die aus den Zwiebeln gewachsen sind, die Don Aernout im November von einer Reise in die Türkei mitgebracht und dann in die Erde gesteckt hat. Es sind nur zwei, denn sie sind schrecklich teuer.[1] Ich habe den ganzen Winter über ein bisschen Mitleid für die Zwiebeln in der erfrorenen Erde der Niederlande gefühlt, aber an jenem Abend empfand ich keine Spur von Mitleid mehr, jetzt blühten sie nur für mich.

Ich schlich mich wieder leise hinein, die Tulpen in der einen Hand, mein Gebetbuch in der anderen. Vorsichtig öffnete ich die schwere Haustür, die zu meinem Schreck knarrte und quietschte. Draußen zog ich meine Schuhe an und lief so schnell wie möglich von der Oudegracht zur Keet-

[1] Tulpen kommen ursprünglich aus der Türkei. In den Niederlanden waren sie bis zum Ende des sechzehnten Jahrhunderts nicht bekannt, bis einige Kaufleute sie von ihren Reisen mitbrachten, zum privaten Gebrauch. Damals waren sie schon teuer, aber im siebzehnten Jahrhundert wuchs die Nachfrage nach Tulpenzwiebeln so sehr, dass die Preise ins Unermessliche stiegen. 1633 wurde in Hoorn ein Haus für drei Tulpenzwiebeln verkauft und 1637 brachten drei Zwiebeln die Summe von 30 000 Florinen. Zum Vergleich: Ein großes Grachtenhaus in Amsterdam wurde damals für dreitausend Florine verkauft.

gracht. Als ich dort ankam, hatte ich solch ein Seitenstechen, dass ich langsamer gehen musste. Hörte ich wieder Stimmen und Schritte?

Endlich war ich am Ort der Ertrunkenen. Erst warf ich die Tulpen ins Wasser, dann fing ich an, den Kaddisch für die Toten zu singen. Ich fühlte, dass meine Eltern mich hören konnten und dass sie es waren, die Wellen entstehen ließen. Ich holte das Briefebuch aus meinem Unterrock – und da passierte etwas Seltsames.

Die Stimme in mir verlangte, einen Teil aus meinen Briefen an dich vorzulesen. Den Teil, in dem es darum geht, dass Leon plötzlich lesen konnte. »Tu es für sie«, verlangte die Stimme. »Es ist eine so schöne Passage.«

»Aber ich kann nichts mehr sehen«, sagte ich zu der Stimme. »Der Mond ist hinter dieser großen Wolke verschwunden, dort!« Ich deutete zum Himmel.

»Dann sage es auswendig. Du weißt es doch bestimmt noch.« Die Stimme war unerbittlich. Ich musste tun, was sie befahl.

Plötzlich fühlte ich einen harten Stoß im Rücken. Ich erkannte Gerritjes Stimme. »Weg!«, schrie sie. »Die dreckige Hexe liegt im Wasser.«

»Hilfe!«, schrie ich. Ich lag im eiskalten Wasser und fühlte, wie es mich nach unten ziehen wollte. Ich machte verzweifelte Versuche, die beiden Bücher über meinen Kopf zu halten, und es nützte nichts, dass ich schrie, ich sei am Ertrinken. Ich war allein auf der Welt, ganz allein in dem tiefen schwarzen Wasser, das mich verschlingen wollte.

Der Mond blitzte hinter einer großen Wolke hervor um zu schauen, wer da unten so schrie. Ich ging fast unter.

»Ajuda! Hilfe!« Noch einmal konnte ich laut rufen. Statt portugiesischer Worte strömte Wasser aus meinem Mund, strömte Wasser in meinen Mund.
Schlafen wollte ich, schlafen … schlafen.
Etwas zog an meinem Arm. Meine Brust tat weh. »Nicht, geh weg!« Ich schlug mit Armen und Beinen um mich.
»Nicht wehren, Mädchen«, sagte eine Männerstimme. »Pass auf, sonst muss ich dich schlagen, damit du das Bewusstsein verlierst.«
Träumte ich oder schlangen sich Männerarme um meine Brust? Plötzlich lag ich auf dem Rücken. Die Arme hielten mich fest und schwammen mit mir weg und zogen mich ans Ufer. Ich lag auf dem Bauch, die Nase auf den harten, kalten Straßensteinen. Jemand drückte so fest gegen meine Schulterblätter, dass ich schreien wollte vor Schmerzen. Doch statt Schreien kam eine Welle Wasser aus meinem Mund. Mir klapperten die Zähne vor Kälte. »Gut so«, sagte die Männerstimme. »Lass das Wasser aus deinem Magen laufen. Das ist ein gutes Zeichen.« Er legte etwas über mich. Mir wurde wärmer, aber noch immer schlugen meine Zähne aufeinander. Das war das Letzte, was ich fühlte.

Die Menschen, bei denen ich nun lebe, haben mir erzählt, was weiter mit mir geschehen ist.
Sijmen von der Bürgerwacht hat mich aus der Gracht geholt, nachdem er Maartje und Gerritje in der Zoutstraat getroffen hatte. Sie hatten geschrien, jemand läge in der Gracht. Ich hatte also doch richtig gehört, dass die beiden mir gefolgt waren.
Sijmen war es, der mich und meine Bücher gerettet hat –

aber du verstehst nun sicher auch, warum dein Briefebuch jetzt voller Wasserflecken ist. Er hat mich zur Familie Duarte Rodrigues gebracht, weil er an meinem Gebetbuch sah, dass ich Jüdin bin. Die Familie Duarte Rodrigues kommt auch aus Portugal und ist, wie ich, vor der Inquisition geflüchtet, erst nach Antwerpen und dann von Antwerpen nach Alkmaar. Sie haben die Genehmigung des Rats von Alkmaar, hier zu wohnen. Sie haben Glück, denn es werden nur wenige Juden zugelassen, aber vielleicht ändert sich das einmal.
Dona Leonora Rodrigues hat mir erzählt, Sijmen sei jeden Tag hier gewesen um sich zu erkundigen, wie es mir ging. Ich bekam nämlich nach meinem Abenteuer im Wasser eine gefährliche Lungenentzündung. Es scheint, dass Sijmen auch oft an meinem Bett gesessen hat, aber davon weiß ich nichts. Ich war so krank, ich habe nur Unsinn geredet. Ich fühlte wohl ab und zu, dass ein nasser Schwamm auf meine Stirn gelegt wurde, aber wer das tat, wusste ich nicht.

Es gab noch jemanden, der regelmäßig an meinem Bett gesessen hat, bis Doktor Geesteranus sagte, es würde alles wieder gut und ich würde nicht an der Lungenentzündung sterben. Ich hatte ungefähr zehn Tage mit geschlossenen Augen dagelegen, als ich eines schönen Tages anfing, mich umzuschauen, und das Erste, was ich sah, war, dass mein Vater neben mir saß und las.
»Papa«, sagte ich und wollte mich aufrichten. »Papa, wo bin ich?«
»Du bist in Alkmaar«, sagte mein Vater. »Bei der Familie Duarte Rodrigues.«

»Wo sind Mama und Leon?«
»Psst, still«, sagte mein Vater. »Später werde ich dir alles erzählen.«
Ich fragte mich, ob ich vielleicht doch tot war und in einem Bett auf dem Meeresboden lag. Ich fühlte mich sicher, denn solange mein Vater neben mir saß, konnte mir nichts passieren. Zufrieden schloss ich die Augen. Ich konnte nicht anders, ich war sehr schwach.

Als es mir nach ein paar Tagen besser ging, sah ich, dass ich mich geirrt hatte. Der Mann, der – noch immer oder wieder – neben mir saß, war nicht mein Vater. Es war Duarte Rodrigues, der Sohn von Dona Leonora Rodrigues und Don Diego Duarte. Er ist sehr gelehrt, er studiert in Leiden Medizin. Er wird kein Chirurg, trotzdem muss er lernen, wie man in menschliche Körper schneidet. Ich darf gar nicht daran denken ..., in menschliche Körper schneiden. Puh!
Und jetzt musst du aufpassen, Serafina, denn es ist etwas Witziges los. Dieser Duarte Rodrigues hat den Nachnamen seines Vaters als Vornamen und den Familiennamen seiner Mutter, also Rodrigues, als Nachnamen. Sein Vater ist vor langer Zeit gestorben und er wohnt zusammen mit seiner Mutter in diesem prachtvollen Haus. Wenigstens glaube ich, dass es ein prachtvolles Haus ist, denn ich habe bis jetzt nur das Zimmer gesehen, in dem ich nun schon seit ein paar Wochen liege. Verstehst du, was ich meine? Ich hoffe, ich habe es genau erklärt. Etwas ist es jedenfalls, was du wissen musst: Der Mann, der neben mir saß, heißt Duarte Rodrigues.
Ich bin so froh, dass ich bei Marranen gelandet bin. Ich brau-

che nichts zu erklären, denn wir haben alle das Gleiche erlebt, als wir noch in Portugal waren. Du kannst dir nicht vorstellen, wie herrlich es ist, wieder einmal Portugiesisch zu sprechen und über bekannte Witze lachen zu können. Ich kann nun auch am Freitagabend in aller Freiheit den Schabbat begrüßen. Ich schreibe »in Freiheit«, aber ich finde es noch immer beängstigend, dass die Kerzen einfach so auf dem Tisch stehen. Jeden Augenblick erwarte ich einen Inquisitor, der uns einsperrt, weil wir etwas Verbotenes tun. Eigentlich brauche ich keine Angst zu haben, denn, wie gesagt, der Rat der Stadt weiß, dass die Familie Duarte Rodrigues hier wohnt.

Von Duarte werde ich dir noch viel erzählen, wenn ich nicht mehr so müde bin, denn ich merke jetzt, dass mir das Schreiben sehr schwer fällt. Ich muss dir noch so viel erklären. Aber eines kann ich dir gleich sagen, dass ich Duarte sehr nett finde, und es ist ihm zu danken, dass alle Briefe, die ich dir bis jetzt geschrieben habe, noch zu lesen sind. Dieser liebe Duarte hat mir gesagt, er habe meine Bücher vor der Kochstelle auf den Boden gelegt, damit sie wieder lesbar wurden.
Jedes Mal, wenn er in mein Zimmer kommt, ist es, als würde die Sonne aufgehen. Er ist so schön und es ist kein Wunder, dass ich ihn zuerst für meinen Vater gehalten habe, er sieht ihm ähnlich. Er hat ebenso liebe braune Augen, aber das habe ich, glaube ich, schon geschrieben.
Oh, wie müde ich nun bin. Ich höre auf, Serafina.

KAPITEL 25

Uri-ha-Levi

Liebe Serafina,
ich bin sehr glücklich, es geht mir inzwischen viel besser als beim letzten Brief. Ich huste nicht mehr und fühle mich jeden Tag stärker.
Duarte ist letzte Woche zur Familie van Houwelinghe gegangen um ihnen zu sagen, dass ich bei ihnen bleiben dürfe. Es tut mir allerdings Leid, dass ich jetzt Don Aernout, Dona Dorothea und die Kinder nicht mehr jeden Tag sehe. Ich werde sie oft besuchen, wenn ich wieder ganz gesund bin, aber ich bin wirklich froh, dass ich die täglichen Kränkungen durch Maartje und Gerritje los bin.
Doktor Geesteranus war auch dafür, dass ich wieder hinausging. »Zieh dich warm an«, sagte er, »und geh am Samstag mal spazieren. Eine halbe Stunde, nicht länger.«
Ich sagte es Duarte und er fragte: »Soll ich dich begleiten, Maria Mattea?«
Ich fühlte, dass ich rot wurde, so sehr überraschte mich diese Frage.
»Dann komm. Die Sonne scheint. Ich hole den Mantel und dein Umschlagtuch.« Er wollte das Zimmer verlassen, aber ich hielt ihn zurück.

»Warum nennst du mich Maria Mattea? Ich bin Mirjam Sarphati. Maria Mattea, das ist Vergangenheit.«
Duarte schaute mich an. Ich konnte sehen, dass meine Frage ihn erschreckt hatte.
»Im Haus heißt du Mirjam, draußen Maria Mattea. Wir haben dem Rat noch nicht mitgeteilt, dass ein jüdisches Mädchen zu unserer Familie dazugekommen ist. Wir haben Angst, dass du nicht die Genehmigung bekommen könntest, in Alkmaar zu wohnen.« Er seufzte. »Wir müssen noch ein bisschen Geduld haben, denn eines Tages wird es so sein, dass wir als freie Bürger hier leben dürfen. Es geschieht alles Mögliche, aber was, ist noch geheim. Hoffen wir, dass unser Rat bei der Zuzugsgenehmigung von Juden weniger streng sein wird als der Rat anderer Städte in unserer Republik.«
Zusammen gingen wir zur Garderobe, wo unsere Mäntel hingen. Duarte half mir in den Mantel und dann legte er mir das Umschlagtuch um die Schultern. Flüchtig spürte ich seine Hand an meiner Wange und ich hatte das Gefühl, als würde sie anfangen zu brennen. So warm war mir plötzlich.
Was war es für eine Wohltat, nach all den Wochen der Krankheit den Wind und die Frühlingssonne auf meinem Gesicht zu fühlen und die frische Luft zu atmen.
»Halte dich näher zu mir, junge Dame.« Duarte machte eine kleine Verbeugung. »Keine Angst. Ich biete dir nur meinen Arm an.«
Ich fühlte mich, als wäre ich betrunken, und es war nur gut, dass Duarte mich eingehakt hatte, sonst wäre ich hingefallen. Ich war doch noch ein bisschen schwach. Oder war

etwas anderes daran schuld, dass ich mich so schwindlig fühlte?

Ich musste über Duartes lange Beine lachen, er musste trippeln um sich mir anzupassen.

»Lach mich nicht …« Duarte sprach seinen Satz nicht zu Ende, denn plötzlich war ein lauter Schrei zu hören.

»Großer Gott, heilige Maria. Dort läuft der Geist von Maria Mattea. Sie ist ertrunken und dort geht sie, und neben ihr läuft der Teufel.«

Ich erschrak über die schrille Stimme so sehr, dass ich ebenfalls einen Schrei ausstieß.

»Weg mit dir!«, rief das Mädchen und schlug ein Kreuz. »Weg mit dir, dreckige Hexe. Hilfe … Hilfe! Der Geist von Maria Mattea ist aus der Hölle ausgebrochen.«

Wo hatte ich die Stimme schon einmal gehört?

Ich weiß nicht mehr, wer von uns beiden lauter schrie. Aber ich war sehr zufrieden damit, dass meine Erscheinung Gerritje so erschreckt hatte – denn sie war es, die losgeschrien hatte, weil sie dachte, ich wäre von den Toten auferstanden. Ich fühlte eine heftige Wut in mir aufsteigen. Leider war ich nicht stark genug, ihr nachzurennen und so zu tun, als wäre ich wirklich der Geist von Maria Mattea, der sich für alles, was sie und Maartje ihr angetan hatten, rächen wollte.

Und der Teufel läuft neben ihrem Geist um ihm zu helfen, hätte ich sagen wollen. Er wird dich mit in die Hölle schleppen.

»Gehen wir zurück«, sagte ich zu Duarte.

Er legte mir den Arm um die Taille. »Kannst du so gut laufen?«, fragte er.
Ob ich gut laufen konnte? Was für eine Frage. Ich lief nicht, ich schwebte. Ich schwebte auf weißen Wolken. Mir war schwindlig, aber auf eine sehr angenehme Art. Ich lehnte kurz meinen Kopf an seine Schulter. Das hätte ich nicht tun sollen, denn nun war er es, der zu erschrecken schien.
»Komm schnell«, sagte er. »Ich habe eine Überraschung für dich.«
Wir gingen bis zum Ende der Ridderstraat, als Duarte vor einem großen Haus stehen blieb. Das Erste, was mir auffiel, war die wunderschöne, mit Schnitzereien verzierte Holztür. Das Zweite, was mir auffiel, war, dass alle Vorhänge zugezogen waren. Seltsam, an einem so schönen, sonnigen Tag.
»Hier ist es. Hierher wollen wir.« Duarte ließ einen kupfernen Türklopfer dreimal gegen das Holz fallen. »Das ist unser Zeichen«, flüsterte er. »Das haben wir abgemacht.«
»Was … was werden wir tun?« Ich brachte die Worte nur mühsam heraus. Ich ertrug es nur schwer, dass Duarte so geheimnisvoll tat. »Ich möchte nach Hause«, sagte ich, aber es war zu spät. Die schwere Tür wurde von einer mir unbekannten Frau geöffnet.
»Kommt schnell herein«, sagte sie. »Wir haben gerade angefangen. Uri-ha-Levi ist auch schon da.«
»Uri-ha-Levi?«, fragte Duarte flüsternd. »Wer ist das?«
»Philip Joosten«, sagte die Frau leise, »ist sein Deckname. Er ist aus Emden gekommen um unser Rabbiner zu sein. Er hat sogar unsere Sprache gelernt.« Nun sprach sie noch leiser. »Er kommt vor allem für die Menschen, die unsere

Bräuche nicht mehr richtig kennen. Du weißt ja, wen ich meine. Sie haben schon allzu lange als Scheinchristen gelebt, deshalb …« Sie unterbrach ihren Wortschwall. »Kommt schnell rein. Bleibt nicht da stehen, das ist zu gefährlich.«

Sie gab mir die Hand. »Ich bin Hanna Jessurun«, sagte sie leise. »Willkommen in unserer geheimen Synagoge.«

»Verstehst du es jetzt?«, flüsterte Duarte in mein Ohr. »Das hier ist unsere geheime Snoge. Wir dürfen öffentlich keinen Gottesdienst halten, deshalb treffen wir uns am Schabbat und an den Feiertagen in einem gewöhnlichen Wohnhaus. Mal tun wir so, als würden wir ein Familienfest feiern, dann wieder, als würden wir uns nur einfach gegenseitig besuchen.«

Ich konnte nichts antworten, denn eine Männerstimme begann ein Lied zu singen, das mich sofort nach Lissabon zurückversetzte. Die Frau, die uns die Tür aufgemacht hatte, wurde zu meiner Mutter und dort im Zimmer standen mein Vater und Leon. Männer und Frauen waren durch einen durchsichtigen Vorhang voneinander getrennt, der zwischen den Schiebetüren hing. Trotzdem konnte ich sehen, dass mein Vater seinen weißen Gebetsmantel mit den schwarzen Streifen um die Schultern gelegt hatte. Leon trug seine Hose aus blauem Samt. Die silberne Stickerei auf seinem Käppchen glänzte im Licht eines Kristallleuchters.

Warum sagte meine Mutter nichts zu mir? Ich berührte ihren Arm. »Mama«, flüsterte ich.

»Geht es?«, fragte die Frau, die sich als Hanna Jessurun vorgestellt hatte. »Ist dir schwindlig?«

Ich nickte.

»Nimmt dich das so sehr mit? Es ist wegen deiner Eltern und deines kleinen Bruders, nicht wahr?«
Wieder nickte ich.
»Kann ich etwas für dich tun? Ich sehe, dass es dir nicht gut geht. Komm mit in die Küche. Da kannst du was trinken und wir unterhalten uns weiter.«
Wir schlichen aus dem Zimmer.
»Setz dich dahin«, sagte Hanna Jessurun. Sie deutete auf eine lange Holzbank und setzte sich neben mich.
»Ich hatte das Gefühl, ich wäre in Lissabon«, sagte ich.
»Das hatte ich anfangs auch, als ich gerade angekommen war«, flüsterte Hanna. »Wir müssen leise sprechen, sonst stören wir die anderen. Ich kenne das Gefühl, denn du musst dich wieder verstecken, genau wie in Lissabon.«
Sie nahm meinen Kopf in beide Hände.
»Schau mich an, Mädchen«, sagte sie. »Etwas musst du dir klar machen. Es gibt hier keine Scheiterhaufen und ich kann dir jetzt schon sagen, dass sich in diesem Moment noch etwas Wichtiges abspielt. Uri-ha-Levi, unser Lehrer, den du gerade singen gehört hast, ist in Verhandlungen mit dem Rat der Stadt. Er versucht zu erreichen, dass wir in Freiheit hier bleiben können. Eigentlich ist es ein großes Geheimnis, aber ich sage es dir um dich zu beruhigen. Kannst du dir vorstellen, wie es sein wird, wenn wir nicht mehr zu betteln brauchen, ob wir bitte in Alkmaar wohnen dürfen oder bitte öffentlich in unserer Synagoge Gottesdienste halten dürfen? Wenn … wenn Uri-ha-Levi sein Ziel erreicht, wird Alkmaar die erste Stadt der Republik sein, in der wir uns frei niederlassen dürfen und die Freiheit des Gottesdienstes bekommen. Kannst du dir das vorstellen?«

»Nein, ich habe so etwas noch nie erlebt.«
»Ich auch nicht. Komm, gehen wir zurück.« Hanna zog mich hoch. »Geht es?«, fragte sie. »Oder möchtest du noch etwas sagen, möchtest du in der Küche bleiben?«
»Nein, nichts mehr«, sagte ich. Ich war todmüde und fühlte mich erleichtert, als ich hörte, wie der Vorsinger zum Schlusslied ansetzte.
»Hör nur, wie schön er singt«, sagte Hanna. »Uri-ha-Levi, der Mann, der uns die Freiheit bringen soll.«
Als wir wieder im Zimmer waren, sah ich, wie Uri-ha-Levi seinen Gebetsmantel zusammenfaltete und in eine Tasche aus braunem Papier legte.
»Darf ich noch kurz um eure Aufmerksamkeit bitten?«, rief er. »Es ist wohl überflüssig, euch aufzufordern, dass ihr nicht alle gleichzeitig das Haus verlasst und dass ihr euren Tallit[1] so versteckt, dass niemand merkt, dass ihr ihn bei euch tragt. Ich wünsche euch einen friedlichen Schabbat und für die nächste Woche: *bona semana*.«
»Bona semana!«, antworteten alle zugleich.

[1] Gebetsmantel

KAPITEL 26

Die Erde bebt

Liebe Serafina,
dies wird vielleicht der fröhlichste Brief dieses Buchs. Ich weiß einfach nicht, womit ich anfangen soll. So viel Gutes ist passiert. Ich werde dich nicht länger auf die Folter spannen und dir einfach alles erzählen.
Duarte hat mir gestanden, dass er mich liebt, und nach diesem Geständnis hat er mich geküsst. Das Feuer, dass er in mir entzündet hat, als ich krank war, loderte auf und ich küsste ihn auch. Das war am 2. Januar 1602. Du hast bestimmt gemerkt, dass ich fast nie ein Datum genannt habe, aber dieses ist zu wichtig um verloren zu gehen. Es ist, als würde ich schweben, so glücklich bin ich.
Ich werde also in geraumer Zeit Mirjam Duarte Rodrigues-Sarphati heißen. Und wir haben schon gesagt, dass wir viele Kinder haben möchten. Mein lieber Duarte hat mir versprochen, dass unser erster Sohn David heißen darf, nach meinem Vater, und unser zweiter Sohn Baruch. Wenn es ein Mädchen wird, werden wir sie Riwka nennen, nach meiner Mutter. Und wenn wir dann noch einen Sohn bekommen, heißt er Diego, nach Duartes Vater, den ich nicht kennen gelernt habe.

Ich glaube, die Erde war genauso erschrocken wie ich bei Duartes Antrag, denn einen Tag später begann die Stadt zu beben. Bilder hingen plötzlich schief an der Wand, und der Fußboden schwankte, als wäre das Haus der *Goldene Triton*. Außerdem wurde es stockdunkel. Das Seltsamste war, dass ich glaubte, die Götter von Don Aernout würden toben, weil ich Duarte heiraten wollte, doch zum Glück überwand ich diesen Gedanken schnell. Ich bekam aber Bauchschmerzen vor Angst, und meine Angst wurde noch größer, als ich plötzlich die Stimme von Simon hörte, dem Ausrufer, der Folgendes verkündete:

»Bürger von Alkmaar!
Ein Erdbeben hat unsere Stadt getroffen. An verschiedenen Gebäuden ist Schaden entstanden. Menschenleben sind nicht zu beklagen. Der Rat macht die Bürger darauf aufmerksam, dass vermutlich Nachbeben auftreten werden. Begebt euch dann so schnell wie möglich ins Freie.
Zugleich gibt der Rat bekannt, dass im Zusammenhang mit der Pest, die vor einigen Tagen wieder aufgetreten ist, äußerste Sauberkeit geboten ist. Deshalb ist auch der Verkauf von roten und blauen Pflaumen strengstens verboten. Jeder Bürger ist von heute an verpflichtet, den Bürgersteig vor seinem Haus zu reinigen und zu verhindern, dass Mist und Abfall von Schuhen und Stiefeln mitgetragen werden.
Bürger von Alkmaar, sagt es weiter! Sagt es weiter!«

Verstehst du, Serafina, warum wir keine Pflaumen mehr essen dürfen? In Portugal hat nie jemand durch das Essen von Pflaumen die Pest bekommen.

Portugal ... Wenn ich an mein Land denke, bin ich sehr traurig über meine Familie. Was würden meine Eltern sagen, wenn sie wüssten, dass ich heirate? Dass ich bald mit dem Mann, den ich lieb habe, unter dem Gebetsmantel stehen werde, den vier Männer als Baldachin über uns halten? Der Baldachin ist das Symbol für das Dach, unter dem wir zusammen wohnen werden, solange wir leben. Das Schlaflied meines Vaters fällt mir ein, der Satz:

»... wie ein Dach, Tochter,
unter dem all deine Träume
sicher wohnen können.«

Wenn meine Eltern noch lebten, würde ich zwischen meiner Mutter und Duartes Mutter zum Baldachin schreiten um dort meinem Mann übergeben zu werden. Ich muss fast lachen, weil das so seltsam klingt, das: mein Mann. Und ich schreibe »schreiten«. Natürlich, an solch einem Tag läuft man nicht einfach. Eine Braut schreitet. Ich darf aber nicht länger darüber nachdenken, sonst werde ich immer trauriger und das sollte ich nicht. Sonst wird es doch wieder kein fröhlicher Brief, und ich möchte so gerne, dass er es wird. Ich werde dir bestimmt schreiben, wie die Chupa[1] sein wird. Ich weiß es noch nicht so genau, aber Uri-ha-Levi wird uns alles erklären, wenn es so weit ist. Und danach werde ich zu einer Frau gehen, die mir alles erzählen kann, über die Ehe, übers Kinderbekommen und so. Das weiß ich natür-

[1] Chupa ist das hebräische Wort für Baldachin. Unter der Chupa steht das Brautpaar während der Trauungszeremonie.

lich längst, aber ich werde aufmerksam zuhören, wie eine brave zukünftige Ehefrau. Ich werde Duarte fragen, ob er auch mit einem Mann sprechen muss, denn sonst finde ich es nicht gerecht. Was ich auch weiß, ist, dass ich einen Schleier vor dem Gesicht tragen muss. Das ist ein uralter Brauch, als Erinnerung an früher, an biblische Zeiten, als der Bräutigam seine Braut vor dem Hochzeitstag nie gesehen hat. Stell dir vor, Duarte würde meinen Schleier heben und zum ersten Mal mein Gesicht sehen! Vielleicht würde ich ihm gar nicht gefallen. Ich wage es fast nicht zu schreiben, Serafina, aber die Leute sagen, ich sei schön. Soll ich es einfach glauben? Wir werden viermal einen Schluck Wein trinken, beide aus demselben Silberbecher, als Zeichen für das Leben, das wir in Zukunft miteinander teilen. Duarte wird, nachdem er meinen Schleier angehoben hat, einen Ring an meinen rechten Zeigefinger stecken und versprechen, dass er gut für mich sorgen wird oder so ähnlich. Und dann wird er ein Glas zertreten, als Erinnerung an die Zerstörung des Tempels in Jerusalem, vor vielen Jahrhunderten. Und dann rufen alle: »Masal tow!«[1]

Ich freue mich so sehr auf unseren Hochzeitstag. Wenn es doch nur schon so weit wäre. Du denkst natürlich, dass wir schnell heiraten, in drei Monaten oder noch schneller. Da irrst du dich aber, Serafina. Ich weiß noch nicht, wann dieser Festtag sein wird. Wir wollen nämlich den wichtigsten Tag unseres Lebens nicht im Verborgenen feiern. Wir werden erst heiraten, wenn wir es in Freiheit tun können. Das bedeutet: wenn der Rat uns, damit meine ich, uns Juden,

[1] Hebräisch für: »Viel Glück!«

die Genehmigung erteilt, so zu leben wie alle anderen Bürger von Alkmaar. Uri-ha-Levi hat in einem unserer Gottesdienste gesagt, dass dieser Tag nicht mehr weit ist.
»Liebe Gemeindemitglieder«, hat er gesagt, »bedenkt wohl, dass wir im letzten Jahr die Genehmigung bekommen haben, unsere Toten auf unserem eigenen Friedhof hier in der Nähe, in Groet, der Mutter Erde anzuvertrauen. Die Verhandlungen mit dem Rat sind weit gediehen, ich vertraue darauf, dass diese achtundzwanzig weisen Herren ihre Güte auch auf die Lebenden ausdehnen werden.«

Ich träume von meiner Hochzeit, und meine zukünftige Schwiegermutter Dona Leonora und ich sitzen tagelang da und sticken an meiner neuen Wäsche. Ich nehme nicht an, dass du genau wissen willst, was wir sticken, aber ich finde es wichtig, dass du weißt, dass auf allen Sachen die ersten Buchstaben meines neuen Namens stehen – vornehmer ausgedrückt: meine Initialen. Das sieht dann so aus: M. D. R-S, auf komplizierte Art ineinander geflochten. Das ist besser als Maria Mattea da Marquez, findest du nicht auch?
Wegen all der Vorbereitungen werde ich dir nicht mehr so oft schreiben können, liebe Serafina. Es ist unangenehm, dass ich den Hochzeitstermin nicht genau weiß. Es kann nächste Woche oder in zwei Jahren sein, ich weiß es nicht.
Ich lasse dich nicht im Stich.
Eine Umarmung von Mirjam Sarphati (fast Duarte Rodrigues).

KAPITEL 27

Es lebe der Rat!

Liebe Serafina,
vermutlich bist du überrascht, wieder einen Brief von mir zu bekommen. Ich habe dir so viel zu erzählen!
Zwischen meinem letzten Brief und diesem ist sehr viel geschehen und ich weiß nicht, womit ich anfangen soll.
Zuerst werde ich dir den besonderen Gottesdienst am 5. Mai 1604 im Haus von Hanna Jessurun beschreiben. Warum dieser Gottesdienst so besonders war, wirst du später merken.

Der Schlussgesang des Schabbat ist verklungen. Im Vorderzimmer verbergen die Männer ihre Gebetsmäntel. Im Hinterzimmer reden die Frauen leise miteinander, sie tauschen Neuigkeiten aus. Uri-ha-Levi verlangt das Wort. Ich fühle, dass etwas Besonderes geschehen wird.
»Verehrte Mitglieder unserer kleinen Gemeinschaft«, sagt er ernst. »Darf ich um eure Aufmerksamkeit bitten, denn heute möchte ich euch eine wichtige Mitteilung machen. Ich ...«
Ich bekam Bauchschmerzen, weil ich solche Angst habe, seine wichtige Mitteilung könnte bedeuten, dass wir hier

wegmüssen. Warum sollte Uri-ha-Levi sonst ein so ernstes Gesicht machen? Bestimmt ist er vom Bürgermeister ins Rathaus geladen worden.
»Herr Philip Joosten, genannt der Jude«, wird der erste Bürgermeister gesagt haben. »Der Rat hat beschlossen, dass ab heute alle Juden aus Alkmaar verschwinden müssen.«
»Ihr bringt die Pest in die Stadt«, hat der zweite Bürgermeister gerufen.
»Ihr vergiftet unsere Brunnen.«
»Ihr schlachtet unsere Säuglinge, um ihr Blut für eure Matzen[1] zu benutzen.«
Ich halte mir die Ohren zu. Ich möchte die Stimmen der dritten und vierten Bürgermeister nicht hören.

Warum sehen alle Gesichter um mich herum so fröhlich aus? Warum versucht Hanna, etwas zu mir zu sagen? Sie zieht mir die Hände von den Ohren.
»Mirjam, höre Uri-ha-Levi zu«, sagt sie, »es ist wichtig.«
»Also, liebe Freunde, diese Mitteilung beinhaltet, dass ich mich am Donnerstag, dem 10. Mai, zum Rathaus begeben werde um mit dem Rat die letzten Besprechungen über unsere Freiheit zu führen. Vor zwölf Uhr hoffe ich zurück zu sein und euch alle begrüßen zu können.«
Lautes Stimmengewirr ist zu hören.
Hanna schenkt Wein in Kristallgläser, die wir klingend aneinander stoßen. »Lechajim«, rufen wir. »Auf das Leben!« »Auf die Freiheit!«
»Bitte verlasst nicht alle gleichzeitig das Haus«, sagt Uri-

[1] das ungesäuerte Brot zum Pessach-Fest

ha-Levi. »Vielleicht ist es heute das letzte Mal, dass ich euch daran erinnern muss. Passen wir auf, dass wir die Ratsmitglieder nicht gegen uns in Harnisch bringen.«
»Das heißt, nicht böse machen«, flüstert mir Hanna ins Ohr. Sie hat meinem Gesicht angesehen, dass ich das Wort Harnisch nicht verstanden habe.
»Um das zu verstehen, muss man in den Niederlanden geboren sein«, sagt sie lachend. »Ich kenne diesen Ausdruck auch noch nicht so lange.«

10. Mai 1604, 8 Uhr
Heute wird ein ganz besonderer Tag sein. Ich fühle es schon, als ich aufstehe. Meine Hände zittern, dass ich es fast nicht schaffe, alle Silberknöpfchen meines roten Samtkittels zu schließen. Als ich hinunterkomme, sitzen Duarte und Dona Leonora schon beim Frühstück.
»Seid nicht böse«, entschuldige ich mich. »Ich habe meine Knöpfe nicht zubekommen.«
»Du hättest mich doch um Hilfe bitten können«, sagt meine zukünftige Schwiegermutter.
»Ich hätte es auch gerne für dich getan.« Duarte zwinkert mir zu. Er wird rot und schaut mich so lieb an, dass ich es einen Moment lang sehr schade finde, dass Dona Leonora nicht damit einverstanden ist, dass wir, bevor wir verheiratet sind, in einem Bett schlafen.
Wie gehorsam wir doch sind. Noch eine kurze Zeit … vielleicht.

Donnerstag, 10. Mai 1604, 10 Uhr 55. Wir befinden uns nun in der Ridderstraat, im Haus von Hanna Jessurun.

Es schlägt elf Uhr, der letzte Schlag hallt über die Stadt.
»Noch eine ganze Stunde«, seufzt Gabriel Mendes da Costa. »Wie sollen wir das aushalten?«
Halb zwölf. Der Klopfer fällt auf die Haustür. Dreimal.
»Uri-ha-Levi«, flüstert ein blasser Gaspar Maduro. »Sie haben ihn weggeschickt.«
»Warte, ich mache auf«, sagt Hanna. Sie kommt mit Chaijim und Isabella Sealtiel-da Rosa zurück. Ich habe sie schon früher getroffen und ich frage mich sogar in diesem spannenden Augenblick, wie jemand den Namen dieser grausamen spanischen Königin von 1492 tragen kann.
»Ich halte die Anspannung nicht mehr aus. Ich gehe nach Hause.« Gaspar Maduro möchte weggehen, aber Duarte hält ihn zurück.
»Es ist Viertel vor zwölf, du musst nur noch ein bisschen durchhalten. Das ist der wichtigste Tag dieses Jahrhunderts. Ich beschwöre dich …«
Duarte kann seinen Satz nicht zu Ende sagen. In diesem Moment klopft es an die Haustür, einmal.
»Keine drei Mal«, ruft Hanna. »Das ist ein gutes Zeichen.« Sie kehrt mit Uri-ha-Levi zurück.
»Wir sind frei«, ruft er. »Heute Morgen hat der Rat der Stadt beschlossen, dass wir hier, in unserer guten Stadt Alkmaar, als freie Bürger wohnen dürfen. Der letzte Schabbat war der letzte, an dem wir gezwungen waren, unseren Gottesdienst heimlich abzuhalten!« Dann sagt er feierlich: »Ich werde die Judencharta, die uns vom Rat der Stadt Alkmaar geschenkt wurde, laut vorlesen. Es ist die erste Charta, die in der Republik der Vereinigten Niederlande herausgegeben wurde!«

Alle sprechen durcheinander, umarmen sich. Lachende Gesichter, Tränen.
Dann hört man plötzlich die Stimme des Stadtausrufers.

»Bürger von Alkmaar,
heute, am 10. Mai 1604, hat der Rat der Stadt Alkmaar geruht, auf Ansuchen von Philip dem Juden, genannt Joosten, den Juden unserer Stadt die vollständige Freiheit zu schenken, dass sie sich hier niederlassen und in aller Öffentlichkeit ihren Glauben ausüben dürfen, so wie alle guten Bürger und Eingesessene unserer Stadt.
Sie müssen versprechen, sich allen Befehlen der Bürgermeister zu unterwerfen und sich verpflichten, alle Steuern zu bezahlen, die von ihnen verlangt werden.
Sie sind berechtigt, in aller Freiheit ihre Religion auszuüben.
Sie sollen von der Bürgerwacht ausgeschlossen werden.
Der Rat der Stadt gibt hiermit bekannt, dass Alkmaar die erste Stadt der Republik der Vereinigten Niederlande ist, die Juden und ihren Familien vollständige Freiheit verleiht.
Die Charta ist von allen achtundzwanzig Mitgliedern des Rats unterzeichnet, darunter von unseren vier Bürgermeistern:

Cornelis Matthijsz. Schagen
Doede Jansz. Medemblick
Pieter Florisz. van Teylingen
und Mr. Jan van Wittendel.

Bürger von Alkmaar, sagt es weiter. Sagt es weiter!«

Duarte und ich fallen uns in die Arme. »Wir können heiraten, Mirjam«, flüstert er mir ins Ohr.
»Als freie Menschen«, antworte ich.
Duarte sagt mir noch etwas ins Ohr, aber ich kann ihn nicht verstehen, weil Uri-ha-Levi ums Wort bittet.
»In unserem ersten Gottesdienst in Freiheit, am kommenden 12. Mai, werden wir dem Allerhöchsten mit einem besonderen Gebet für Seine Güte danken.«
»Und danken wir Ihm auch dafür, dass wir keine Mitglieder der Bürgerwacht werden dürfen«, ruft Gaspar Maduro. »Ich hasse es, Wache zu halten. Ich liege lieber mit meiner Frau in meinem warmen Bett.«
»Nun braucht niemand mehr von uns halb ertrunkene Mädchen aus dem Wasser zu fischen«, flüstert Duarte.
»Lechajim!«, ruft Isabella Sealtiel. »Es lebe der Rat von Alkmaar!«

KAPITEL 28

Leb wohl, Serafina

5. Mai 1605
Liebe Serafina,
ich kann dir gar nicht sagen, wie glücklich ich bin. Vor drei Monaten bin ich Mutter von David Duarte Rodrigues-Sarphati geworden. Ich konnte nicht eher schreiben, weil ich so viel mit Stillen, Wickeln und so weiter beschäftigt war. Duarte und ich haben an einem sonnigen Sonntag im Mai geheiratet. In aller Freiheit sind wir mit unseren Gästen durch die Straßen Alkmaars gegangen, zu Hannas Haus. Wie glücklich wir waren, als die Mitglieder unserer Gemeinschaft die Brautlieder für uns sangen, nachdem mir Duarte den Ring an den Finger gesteckt hatte! Laut und deutlich sangen sie, ohne Angst, dass die Außenwelt uns hören könnte. Die Vorhänge waren nicht zugezogen, sodass alle uns sehen konnten. Ich glaube, viele Bewohner von Alkmaar haben sich gefragt, was dies alles bedeutete. Wer heiratet schon an einem Sonntag?
Wir, freie Juden. Wir hoffen, dass die Hochzeit des nächsten Paares schon in einer richtigen Synagoge stattfinden wird. Stell dir vor, ein eigenes Gebäude, nicht mehr zwei Zimmer im gastfreundlichen Haus von Hanna Jessurun.

Nun zu unserem Sohn David. Er wurde an einem kalten Februartag geboren, ein Tag, an dem in unserem Garten die ersten Schneeglöckchen herauskamen. Er ist jetzt drei Monate alt und so süß. Wenn wir ihn anschauen, lacht er sofort.
Letzte Woche brachte Duarte seinen Sohn zum Lachen, indem er sanft auf seinen nackten Bauch blies. Duarte drückte ihn an sich und sagte: »Du, mein kleiner, lachender Engel, ich bete dich an.«
Tränen sprangen mir in die Augen, weil dieser kleine David die Erinnerung an den lachenden Engel der Misericordia-Kirche etwas verwischt. Auch wenn ich die Ereignisse von damals, auf dem Rosarioplatz, nie vergessen werde.

Dona Leonora ist sehr glücklich mit ihrem Enkel, den sie jeden Tag sieht. Wir sind bei ihr im Haus geblieben, denn wir wollen sie nicht allein lassen. Sie verwöhnt David ganz fürchterlich, aber dafür sind Großmütter nun mal da.

In diesem Brief, der wohl der letzte sein wird, möchte ich dir noch einmal sagen, wie glücklich wir sind, dass unser David in Freiheit leben können wird.
»Dass du viele Kinder bekommen sollst, vor allem Söhne, damit der Name Duarte Rodrigues in Ewigkeit besteht«, ist der Wunsch von Dona Leonora, wenn sie ihm seinen Gutenachtkuss gibt. »Und dass all deine Nachkommen in Freiheit und Frieden leben mögen.« Sie legt mit einer segnenden Bewegung die Hand auf sein dunkles Köpfchen.
Und Duarte fügt hinzu: »Und dass alle Söhne und Töchter ohne Angst vor Verfolgung leben mögen.«

Dann schaut David seinen Vater an, als verstehe er alles genau. Und es ist, als wolle er sagen: »Wir leben in den Niederlanden, lieber Vater. Hier brauchen wir uns nie mehr vor Verfolgungen zu fürchten.«

Liebe Serafina, ich schicke dich jetzt zurück zu den Sternen, die wie zur Erinnerung an meine Menschen funkeln, die einmal auf der Erde gelebt haben. Am Abend werde ich wieder zum Himmel hinaufschauen, zu meiner Familie und zu dir. Ich danke dir, dass du mir durch so viele schwierige Jahre hindurchgeholfen hast.

Nun nehmen wir Abschied. Leb wohl, Serafina. Ich hoffe, dass du für immer und ewig auf eine friedliche Welt herunterschauen wirst, ohne Verfolgung, ohne Flammen, ohne Angst.

Leb wohl, liebes Sternchen. Und noch einmal Danke.

Mirjam Duarte Rodrigues-Sarphati, die einmal die Hexe Maria Mattea genannt wurde.

KAPITEL 29

Fünf rote Rosen

»Nun, Laurens, was sagst du dazu?«, fragt Maarten. »Du hast über eine Stunde in deinem Briefebuch gelesen und ich bin die ganze Zeit ruhig gewesen. Und jetzt Paganini, das hast du versprochen.«

»Lieber Maarten«, sage ich missmutig, »ich werde halten, was ich versprochen habe, das weißt du genau. Aber erst muss ich noch etwas anderes tun.«

»Was denn? Ich will es wissen.«

»Das ist ein Geheimnis. Und jetzt höre auf zu quengeln, Maarten.«

Ich erschrecke selbst über meine Worte. Noch nie im Leben habe ich Maarten so angefaucht. Zum Glück ist er kein Mensch mehr aus Fleisch und Blut, sondern eine Skulptur, die vor langer Zeit unter Benjamins Händen entstanden ist. Ich muss über mich selbst lachen, als ich weiter zu ihm sage: »Ich bin in etwa einer knappen Stunde zurück, Maarten. Dann werde ich Paganini spielen, so schön, wie ich ihn noch nie gespielt habe.«

»Gut«, sagt Maarten. »So wird es sein. Dein Vater wird dir helfen. Sein Geist lebt, wie gesagt, noch immer in dieser Geige.«

Und nun stehe ich in Edwards Blumenladen.
»Fünf rote Rosen«, sage ich zu dem Verkäufer. »Die allerschönsten, die Sie haben, und fünf kleine Karten, um etwas draufzuschreiben, für jede Rose eine.«
»Bestimmt *I love you*«, sagt der Blumenmann lachend.
»So etwas Ähnliches«, sage ich.

Auf dem Weg zur Laurenskirche denke ich an einen meiner ersten Spaziergänge mit Maarten, als wir am Grab von Duarte Rodrigues standen. Wer von uns hätte wissen können, dass ich auch ein Duarte Rodrigues bin? Durch das, was Mirjam Duarte Rodrigues-Sarphati geschrieben hat, fühle ich das jetzt so stark, dass ich zum Grab meines Vorfahren gehe.

Ich muss es erst suchen. Die meisten Buchstaben der Gräber, die ich sehe, sind durch die vielen Füße, die im Lauf der Jahre darüber gelaufen sind, abgetreten.
»Suchen Sie etwas? Ich bin der Küster dieser Kirche.«
»Ich suche ... das Grab von Duarte Rodrigues, dem Sohn von Diego Duarte und Leonora Rodrigues.« Ich bekomme die Worte kaum heraus, so hat mich der Küster erschreckt.
»Kommen Sie mit. Richtung Chor.«
Ich folge dem Küster und wieder fällt mir auf, wie laut unsere Schritte klingen, genauso laut wie damals, mit Maarten. Für einen Moment bin ich wieder Laurens Beemsterboer, der hinter seinem Freund Maarten hergeht.
»Hier ist es. Niemand versteht, warum die Duartes in dieser Kirche begraben sind und nicht in Groet, auf dem jüdischen Friedhof.«

Der Küster schiebt einen Stuhl zur Seite. »Der steht noch von gestern Abend hier«, sagt er. »Wir hatten ein Konzert. Das Publikum saß auf dem Grab des Duarte, den Sie suchen.«
»Danke«, sage ich leise. »Jetzt komme ich schon allein zurecht.«
... *leyt begraven duarte roderiges soone van diego duarte van antw*...«
Ich lege meine Rose auf den Namen Duarte.
»So, Sie sind also auch ein Duarte Rodrigues?«
Wieder hat mich der Küster erschreckt. »Ich habe eben auf die Karte geschaut«, sagt er und lacht. »Daniel Duarte Rodrigues. Ein schöner Name.«
»Und Beemsterboer«, sage ich. »Ich heiße mit vollem Namen Daniel Duarte Rodrigues Beemsterboer.«
»Was für eine seltsame Namenszusammenstellung«, sagt der Küster.
Ich nicke.

Die zweite und dritte Rose lege ich auf die Gräber von Opa Frederik und Oma Aafje, die wieder in der Erde von Alkmaar zusammen sind.
Die vierte Rose ist für Klaartje Beemsterboer, die immer meine Mutter bleiben wird, egal wie alt ich werde.
»Danke, mein lieber Sohn«, sagt sie. »Ich danke dir tausendmal und wie lieb von dir, dass du auch Rosen auf die Gräber von Oma Aafje und Opa Frederik gelegt hast.«
»Sie sind meine Oma und mein Opa«, sage ich.

Die fünfte Rose steht auf meinem Schreibtisch, vor Maarten.

Auf seiner Karte steht:

Für Maarten Schilder

In kleinen Buchstaben habe ich noch etwas dazugeschrieben, dasselbe wie auf die Karten von Klaartje Beemsterboer und Oma Aafje. Es ist ein Ausspruch von Hillel, einem unserer großen alten Gelehrten.

»›*Wer einen Menschen rettet, rettet die ganze Welt.*‹
Danke!
Daniel Duarte Rodrigues Beemsterboer«

Der Grabstein von Duarte Rodrigues in der Großen oder Sankt Laurenskirche in Alkmaar (Niederlande).

Mein großer Dank gilt folgenden Personen:

Herrn Jan Beijer
Milie Hijmans-Stofkooper
Irith Kisch
Bep Klarenholz-Sealtier
Nechama Mayer-Hirsch
Laurens van der Meer
Frieda Menco
Ineke van Mourik
Ab Rijksman
Carla Rogge
Cees Roorda
Awraham Rosenberg
Milie Stern-Stofkooper
Elisabeth Stranders
Bert und Anne Vader-Laan
Herrn Ad Vlaar
Vert Vos
Joke van Wijk-van Brievingh
Mitarbeitern des Fremdenverkehrsamts von Alkmaar
Mitarbeitern des *Nieuw Israelitisch Weekblad*[1]
Mitarbeitern des Regionalen Archivs Alkmaar.

[1] »Neues Israelitisches Wochenblatt«

Sie haben mich beraten, mir Kassetten mit Ladinoliedern geschickt, Bücher geliehen oder geschenkt, Artikel zugesandt (sogar aus den USA) und/oder Fotos von Orten gemacht, die für dieses Buch, *Der lachende Engel,* von großer Bedeutung waren.

Mein Dank gilt der Abteilung Kunst und Kultur der Provinz Nord-Holland, die mir den Auftrag, dieses Buch zu schreiben, gegeben hat.

Danke an alle Autoren von Artikeln im Internet.

Und schließlich: Danke an alle Leser des Manuskripts, alte und junge, die mir ihre »grausame« Kritik nicht erspart haben.
Zum Schluss noch eine Bemerkung: *Der lachende Engel* spielt unter anderem in der Zeit, in der die Vereinigte Niederländische Republik mit Spanien im Krieg lag. Später nannte man diesen Kampf den Achtzigjährigen Krieg. Für die Handlungslinie dieses Buches war jener Krieg nicht von Bedeutung.

Ida Vos, im Winter 1999